벨리퉁 섬의 무지개 학교 1

지은이_ 안드레아 히라타

인도네시아의 소설가다. 첫 소설 『벨리퉁 섬의 무지개 학교』는 인도네시아에서 소설 판매기록을 갈아치우고, 히라타를 인도네시아 최고위 베스트셀러 작가로 등극시켰다. 현재까지 5백만 부 이상 팔렸으며, 현대 인도네시아 문학의 발전에 지대한 공헌을 했다. 히라타는 인도네시아 대학에서 공부했으며 유럽연합에서 주는 장학금으로 프랑스와 영국에서 유학하였고, 학위를 받은 이후에는 통신회사에 취직하였다. 『벨리퉁 섬의 무지개 학교』이후 소설 『몽상가 The dreamer』, 『에덴서 Edensor』 등을 출간하였다.

옮긴이_ 김선희

한국외국어대학교를 졸업하고, 2007년 뮌헨 국제청소년도서관(IJB)에서 Fellowship으로 아동 및 청소년 문학을 공부했다. 현재 대학원에서 '외국어로서의 한국어 교육'을 공부하며 글을 쓰거나 번역, 강의를 하고 있다. 그동안 옮긴 책으로는 『홈으로 슬라이딩』, 『에르끼 아호의 핀란드 교육개혁 보고서』, 『짝퉁 인디언의 생짜일기』, 『내 이름은 도둑』 등이 있고, 쓴 책으로는 『얼음공주 투란도트』, 『우리 음식에 담긴 12가지 역사 이야기』, 『둥글둥글 지구촌 음식이야기』 등 50여 권이 있다. http://thinkwalden.blog.me/

벨리퉁 섬의 무지개 학교 1

지은이 안드레아 하리타 | **옮긴이** 김선희 | **처음 펴낸날** 2011년 7월 9일 | **2쇄 펴낸날** 2012년 12월 7일 | **펴낸곳** 이론과실천 | **펴낸이** 김인미 | **등록** 제10-1291호 | **주소** 121-829 서울시 마포구 상수동 323-2 2층 | **전화** 02-714-9800 | **팩시밀리** 02-702-6655

THE RAINBOW TROOPS
by Andrea Hirata
Translated from *Laskar Pelangi*, Published by Bentang Pustaka
ⓒ Andrea Hirata, 2009
All rights reserved.
Korean edition Copyright ⓒ 2011 by Theory and Praxis Publishing Co.
Korean language Edition arranged through Amer-Asia Books, Inc.
(GlobalBookRights.com. All rights reserved)

이 책의 한국어판 저작권은 PubHub 에이전시를 통한 저작권자와의 독점계약으로 도서출판 이론과 실천에 있습니다. 저작권법에 의해 한국 내에서 보호를 받는 저작물이므로 무단 전제와 복제를 금합니다.

Andrea Hirata's Official Websites:
www.sastrabelitong.multiply.com

978-89-313-6033-2 04890
978-89-313-6032-5 (전2권)
*값 11,000원
*잘못된 책은 바꾸어 드립니다.

The Rainbow Troops

벨리통 섬의 무지개학교 1

안드레아 히라타 지음 | 김선희 옮김

이론과 실천

나는 이 책을 우리 선생님께 바칩니다.
이부 무스리마 하프사리와 바팍 하르판 에펜디 누르.
아울러 내 열 명의 어릴 적 친구, 무지개 분대 대원들에게도.

1권
차례

옮긴이의 말...... 10

1장. 입학생 열 명...... 15
2장. 소나무 아저씨...... 25
3장. 텅 빈 유리 장식장...... 34
4장. 곰 할아버지...... 40
5장. 플로...... 48
6장. 권리 없는 사람들...... 59
7장. 린탕의 첫 번째 약속...... 72
8장. 정신병 No. 5...... 78
9장. 악어 주술사...... 94
10장. 두 번씩이나 영웅이 되다!...... 110
11장. 대단한 린탕!...... 127
12장. 음치...... 139
13장. 몽상가...... 149
14장. 어머니를 위한 성적표...... 161
15장. 그해 처음 내리는 비...... 170
16장. 천상의 시, 그리고 펠린탕 풀라우 새 떼...... 176
17장. 초라한 잡화점에서의 사랑...... 189
18장. 걸작...... 210
19장. 완벽한 시나리오...... 223
20장. 상사병...... 233
21장. 보물찾기...... 250

2권
차례

옮긴이의 말...... **10**

22장. 소녀 수색작전...... **15**
23장. 내 방, 어디든 네 얼굴이 있으니까...... **31**
24장. 나는 산꼭대기에서 당신에게 바칠 꽃을 꺾을 겁니다...... **37**
25장. 빌리토나이트...... **45**
26장. 성난 도깨비들...... **53**
27장. 에덴서...... **59**
28장. 학교 밑에 숨어 있는 보물...... **68**
29장. 플랜 B...... **81**
30장. 린탕의 두 번째 약속...... **91**
31장. 하늘처럼 넓은 마음을 가진 교장선생님...... **117**
32장. 유령 팬클럽의 비서가 되다!...... **124**
33장. 이소룡, 대통령 되다!...... **133**
34장. 놀란 토끼...... **141**
35장. 학교로 돌아와라...... **149**
36장. 절반의 영혼...... **156**
37장. 왕에게 도전장을 낸 어린 소녀...... **161**
38장. 지금 보니 천국이 우리 마을에 있네요...... **173**
39장. 가난을 이용하는 사람들...... **182**
40장. 선생님과의 약속...... **186**
41장. 해적섬...... **194**
42장. 주술사의 메시지...... **203**
43장. 엘비스, 벨리퉁을 떠나다...... **209**

그로부터 12년 뒤 ······

44장. 신의 예언······ **222**
45장. 플랜 C······ **237**
46장. 린탕의 세 번째 약속······ **247**
47장. 벨리퉁 섬, 아이러니의 섬······ **255**
48장. 포기하지 마라······ **262**

일러두기

1. 이 번역서는 2009년도 Bentang Pustaka에서 출간된 영문판 『The Rainbow Troops』를 원전으로 사용했습니다.
2. 각주는 모두 역자 주입니다.
3. 인도네시아식 긴 인명, 지명 등은 단순화하여 표기했습니다.
4. 본문의 괄호는 작가의 숨은 뜻이기에 그대로 살렸습니다.

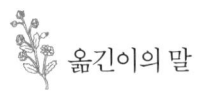 옮긴이의 말

"투박하지만 따뜻하다!"

"투박하지만 따뜻하다."

이 소설을 영화화한 작품을 본 어느 누리꾼의 말이다. 이 말만큼 이 작품을 한 마디로 요약하기도 쉽지 않을 듯하다.

인도네시아 벨리퉁의 작은 마을. 벨리퉁은 주석산지로 유명하다. 그 탓에 한때 네덜란드의 식민지였으나 지금은 말레이인, 중국인을 비롯해 여러 종족이 함께 어울려 살고 있다.

"멀리서 본다면, 이 마을은 이 세상에서 가장 부유한 마을처럼 보일 것이다. 하지만 자세히 들여다보면, 이 섬의 부(富)는 한곳에 모여 있는 걸 금세 알 수 있다. 높은 벽 안……."

PN 티마(Timah)라는 회사가 엄청난 천연자원을 개발하고 있다. 그 이익은 고스란히 회사의 손에 들어간다. 부자들이 사는 곳은 높은 담장으로 외부와 분리된 채 철통같은 보안을 자랑하고 있다. 그곳은 이 책의 주인공들에게는 장벽 너머 딴 세상이다. 벨리퉁 원주민들은 대부분 PN에서 일하는 하층 노동자(쿨리)로, 이슬람교도이다. '나, 이칼'의 아버지도 마찬가지다. 쌀이 가득한 헛간에 갇혀 있는데도 쫄쫄 굶고 있다.

폐교 위기에 놓인 이 원주민들의 학교. 열 명의 학생 수를 채우지 못하면 학교는 문을 닫아야 한다. 하지만 이미 그곳에 모인 학생들은 그곳 말고는 공부할 곳이 없다. 용돈을 벌기 위해 사나운 악어가 득실거리는 늪에 들어가 골프공을 찾아와야 하는 형편의 아이들이 학비 비싼 PN 학교를 다닐 처지는 당연히 못 된다. 이렇게 공부하기 힘들 바에야 아예 때려치우고 일찌감치 돈이나 벌까? 책상에 앉아서도 아이들의 머리는 후추농장, 고기잡이 배, 시장을 떠나지 않았다. 먹고 살기도 힘든 가난한 섬 아이들에게 공부는 사치처럼 보였다.

아이러니하게도 교육이 인간의 기본 권리라는 것을 알지도, 누리지도 못하는 폐교 위기 속 열 명의 아이들은 퍽이나 사랑스럽다······.

여성 인권운동가가 되고 싶은 이 학교의 유일한 여학생 사하라, 꽃미남 마마보이 트라파니, 3이란 숫자만 엄청 좋아하는 하룬, 그렇게나 먹어대는데도 몸집이 가장 작은 미래의 연극배우 사흐단, 권모술수가 능해 어릴 적부터 정치적 수완을 잘 발휘하는 반장 쿠카이, 몸짱 만들기에 푹 빠진 보렉(삼손), 중국인 농부의 아들 아 키옹, 그리고 하늘이 내린 천재 바닷가 소년 린탕, 학교의 우뇌를 책임지고 있는 예술가 마하르, 그리고 이 책의 화자 이칼.

작가 안드레아 히라타는 자신의 어릴 적 경험과 추억을 자전적 성장소설 『벨리퉁 섬의 무지개 학교 *The Rainbow Troops*』에 담아냈다. 이 책은 당시 사회적 변화의 배경 위에 어린 시절 향수를 덧대어 고생스러웠지만 낭만적인 성장기를 그려, 2005년 인도네시아에서 출간된 이래 500만 부 이상 팔리며 2009년까지 인도네시아 최고의 베스트셀러로 굳건히 자리 잡고 있다.

2008년, 이 작품은 영화로도 만들어져 인도네시아 최고의 흥행 기록을 세웠으며, 우리나라에는 2009년 부산국제영화제에 〈무지개 분대〉라는 제목으로 소개되었다.

교육을 위해 젊음을 바친 어린 여선생님과 이 천진난만한 학생들이 학교를 지켜내기 위해 무지개처럼 아름다운 미래를 꿈꾸는 고군분투의 과정을 읽다 보면 수시로 가슴이 먹먹하고 목이

뻣뻣해온다. "대학 등록금이 싸면 양질의 교육을 받을 수 없다."고 했던 이들은 어쩌면 그 말을 남몰래 주워 담고 싶을지도 모르겠다.

2010년 겨울

김선희

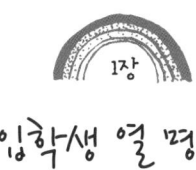

입학생 열 명

그날 아침, 내가 아직 소년이었을 때 나는 학교 밖 기다란 의자에 앉아 있었다. 늙은 필리시움 나뭇가지가 그늘을 드리웠다. 아버지가 옆에 앉아 두 팔로 내 어깨를 감싼 채, 우리 앞 의자에 나란히 앉아 있는 학부모와 아이들을 향해 미소 지으며 고개를 끄덕였다. 그날은 중요한 날이었다. 초등학교 개학날이었다.

기다란 의자 맨 끄트머리에 교실 문 하나가 보였다. 교실 안은 텅 비었고, 교실 문틀은 기울었다. 사실, 학교 전체가 기울어 있었다. 언제든 무너져 내릴 태세였다. 출입구에 선생님 두 분이 서 있었는데, 꼭 파티에 온 손님들을 반갑게 맞이하는 주인 같았다. 그중 한 사람은 참을성 있는 얼굴의 노인이었는데, 그분이 꽉[1] 하르판 교장선생님이었다. 또 다른 한 분은 머리에 스카프를 쓴 어린 나이의 부 무스 여선생님이었다. 우리 아버지처럼, 선생님들도 미소를 지었다.

하지만 부 무스 선생님의 미소는 왠지 억지스러워 보였다. 얼굴에 걱정하는 빛이 역력했다. 바짝 긴장한 탓에 경련이 일 정도였다. 부 무스 선생님은 기다란 의자에 앉아 있는 아이들의 숫자를 세고 또 셌다. 걱정이 지나친 나머지, 눈꺼풀 위로 땀이 줄줄 흘러내리는 것도 몰랐다. 땀이 콧등에 송골송골 맺혀 얼굴 화장이 지저분하게 번졌다. 덕분에 얼굴에 죽죽 줄무늬가 생겨 그 모습이 마치 우리 마을의 고전극 〈둘 물룩 *Dul Muluk*〉에 나오는 여왕의 신하처럼 보였다.

"아홉 명, 아홉 명밖에 안 돼요, 교장선생님. 아직도 한 명이 모자라요."

선생님이 초조한 듯 교장선생님한테 말했다. 곽 하르판 교장선생님은 쓸쓸한 눈빛으로 부 무스 선생님을 쳐다보았다.

나 또한 초조했다. 조마조마해하는 부 무스 선생님 때문에, 내 몸을 짓누르고 있는 아버지의 걱정 때문에. 그날 아침 아버지의 표정은 온화하고 느긋해 보이기는 했지만, 내 어깨를 감싼 투박한 팔뚝으로 아버지의 마구 뛰어대는 심장 박동이 고스란히 전

---

1 인도네시아어로 미스터 또는 아버지라는 뜻.

해졌다. 아버지는 걱정이 이만저만이 아니었다. 주렁주렁 딸린 자식에, 쥐꼬리만 한 월급봉투에 시달리는 마흔일곱 살의 광부가 아들을 학교에 보내는 게 쉽지 않았다는 걸 나는 눈치 채고 있었다. 나를 새벽시장 중국인 식료품 가게에 취직시키거나, 해안가 잡역부로 밥벌이 시키는 게 훨씬 더 수월했을 거다. 가족의 경제적인 부담을 덜기 위해서 말이다. 아이 하나를 학교에 보내는 것은 스스로 더 많은 일을 해야 한다는 것을 의미했다. 그리고 그것은 우리 가족에게는 쉬운 문제가 아니었다.

가여운 우리 아버지.

난 아버지의 눈을 감히 똑바로 바라볼 엄두가 나지 않았다.

그냥 집으로 가버리는 게 더 좋을지도 몰라. 학교 따위는 잊어버리고, 우리 형과 사촌들처럼 그냥 막노동꾼이 되는 것이……

아버지만 긴장하고 있었던 건 아니다. 부모들 각자의 얼굴은 마음이 딴 데 가 있다는 걸 보여주었다. 우리 아버지처럼, 이들의 머릿속에는 새벽시장이 어른거렸다. 자식들이 노동자로서 보다 잘 살게 되기를 바랐다. 하지만 자식을 교육시킨다고 가족의 미래가 보장되는 것도 아니다. 기껏 해봐야 중학교까지만 뒷바라지해줄 형편이었지만. 그날 아침 이들은 학교에 올 수밖에 없었다. 아이들을 학교에 보내지 않았다고 공무원들한테 욕을 먹지 않기 위해서, 아니면 아이들을 문맹에서 탈출시켜야 한다는 현대적인 요구에 따르기 위해서일지도 모르겠다.

내 앞에 앉아 있는 이들은 어른 아이 할 것 없이 모두 다 아는 사람들이었다. 작은 체구에 지저분한 남자아이 한 명만 빼고. 붉은 곱슬머리의 그 아이는 자기 아버지의 꽉 쥔 손아귀에서 벗어나려고 아등바등 몸부림쳤다. 그 아이의 아버지는 신발도 신지 않은 채, 싸구려 면바지 하나만 달랑 입었다. 둘 다 모르는 얼굴이었다.

나머지는 전부 다 친한 친구들이었다. 엄마 무릎에 앉아 있는 트라파니. 아빠 곁에 앉아 있는 쿠카이. 교실에 빨리 들어가지 못하게 해서 엄마한테 잔뜩 화가 나 있는 사하라. 이웃집에 사는 사흐단은 혼자 왔다. 우리는 모두 섬에서 가장 가난한 공동체인 벨리퉁[2]–말레이인이다. 이 학교, 무하마디아 초등학교 또한 벨리퉁에서 가장 가난한 마을학교다. 부모가 자녀를 이 학교에 보내는 데에는 크게 세 가지 이유가 있다. 첫째, 무하마디아 초등학

---

[2] 인도네시아 남수마트라 주에 있는 섬과 섭정 관할구를 일컫는다. 135개의 작은 부속 섬들과 함께 보르네오 섬 남서쪽, 방카 섬 동쪽, 남중국해와 자바 해 사이에 자리 잡고 있다. 벨리퉁 섬은 주석산지로 중요하게 여겨지는 곳이다. 1851년에 발견된 주석광산은 네덜란드의 사기업이 채굴했으나, 나중에는 인도네시아 정부가 참여하면서 공동개발이 이루어졌다. 지금은 인도네시아 정부가 관리하고 있으며, 중국인들의 후손인 노동자들이 채굴작업을 한다. 벨리퉁 주민의 대부분은 말레이인에 속하는 오란다라트로 고대에 수마트라 동해안 지방으로부터 이주해온 종족이다. 서쪽에 있는 방카 섬과 더불어 주석군도로 불린다.

교는 수업료가 없다. 학부모는 여유가 생기면 아무 거나 기부하면 되었다. 둘째, 학부모는 자식들이 나약한 마음으로 악마의 꾐에 쉽게 빠질까 두려워했다. 그래서 아이들이 어릴 때부터 깊은 신앙심을 배웠으면 했다. 셋째, 다른 학교에서는 자녀들을 받아 주지 않았기 때문이었다.

부 무스 선생님은 시간이 흐를수록 더욱더 초조해하는 기색이 역력한 얼굴로 큰길을 뚫어져라 바라보며 새로운 학생이 한 명 더 나타나기를 간절히 바랐다. 선생님의 공허한 희망을 바라보며 우리는 두려웠다. 새로운 학급의 학생들을 맞이할 때 행복으로 가득 찬 다른 초등학교와는 달리, 무하마디아 초등학교의 첫날 분위기는 걱정으로 가득 찼다. 그중에서도 누구보다 걱정이 많은 사람은 부 무스 선생님과 곽 하르판 교장선생님이었다.

이 가엾은 선생님들이 이처럼 안절부절못하는 상황에 처한 것은 남부 수마트라 교육 문화부 교육감의 경고 때문이었다. 만약 무하마디아 초등학교의 신입생이 열 명이 안 되면, 벨리퉁에서 가장 오래된 이 학교는 문을 닫아야 했다. 부모들은 학비를 걱정했다. 그리고 그 가운데에 껴 있는 우리 아홉 명의 어린 학생들은 학교에 다니지 못하는 건 아닐까 걱정했다.

작년에 무하마디아 초등학교에는 열한 명의 학생밖에 없었다. 올해에는 열 명을 채울 수 있을지 장담할 수 없었다. 그래서 교장선생님은 남몰래 폐교 연설을 준비해두기까지 했다. 한 명만 더 있으면 된다는 상황 때문에 연설하기가 더욱더 힘들었다.

"열한 시까지 기다려봅시다."

교장선생님은 부 무스 선생님과 이미 희망을 잃은 학부모들에게 말했다. 정적이 흘렀다.

부 무스 선생님의 얼굴은 눈물을 참느라 일그러졌다. 나는 선생님의 기분을 이해했다. 가르치려는 선생님의 희망은 우리가 학교에 다니려는 희망만큼이나 컸으니까. 그날은 부 무스 선생님이 교사로서 출근하는 첫날이었다. 아주 오랫동안 꿈꿔왔던 바로 그 순간이었던 것이다. 선생님은 일주일 전에 직업여자학교를 막 졸업했다. 그곳은 섭정 관할구 수도인 탄중판단에 위치한 중학교였다. 선생님은 고작 열다섯 살이었다. 슬프게도, 교사가 되려는 불타는 열정은 이렇게 쓰라린 현실로 늦추어질 처지에 놓이게 되었다. 딱 한 명의 학생이 부족해서 학교가 문을 닫게 되는 현실 말이다.

부 무스 선생님은 동상처럼 종 아래에 서서 넓은 학교 운동장과 큰길을 응시하고 있었다. 아무도 모습을 나타내지 않았다. 태양은 더 높이 솟아올라 한낮이 되었음을 알려주었다. 학생 하나를 기다리는 게 마치 바람을 부여잡으려고 애쓰는 것 같았다.

그동안, 부모들은 한 학생이 부족하다는 것을 자기 자식들에 대한 징후로 간주하는 듯했다. 자식들을 일하러 보내는 것이 더 좋을 것이라는 징후. 친구들과 나는 비탄에 잠겼다. 우리는 가난한 부모들을 보며 가슴이 찢어졌다. 우리는 입학하는 바로 그날 유서 깊은 학교가 문을 닫기 직전의 마지막 순간을 목격하며 가슴이 찢어졌다. 그리고 한 명이 부족하다는 이유로 공부하고 싶은 우리의 강렬한 열망이 산산조각 난다는 걸 알기에 가슴이 찢어졌다. 우리는 고개를 숙였다.

열한 시가 되려면 오 분이 남았다. 부 무스 선생님은 더 이상 자신의 낙담을 숨길 수 없었다. 이 가난한 학교를 위해 봉사하겠다는 선생님의 커다란 꿈은 지금 시작도 하기 전에 무너져 내리기 일보직전이었다. 그리고 32년간 교장선생님이 무보수 봉사로 보낸 성실한 시간이 이 비극적인 아침에 끝나려 하고 있었다.

"교장선생님, 아홉 명밖에 없어요."

부 무스 선생님은 다시 한 번 떨리는 목소리로 말했다. 선생님은 이미 제정신이 아니었기에, 모두가 이미 다 알고 있는 사실을 한 번 더 되풀이했다. 선생님의 목소리는 침울했다. 의기소침한 사람에게는 당연한 것이었다.

마침내, 시간이 되었다. 벌써 열한 시하고도 오 분이 지났다. 여전히 학생 수는 열 명이 되지 못했다. 학교를 다니고 싶다는 나의 커다란 열망은 저 멀리 떨어져나갔다. 나는 어깨에 올려 있는 아버지의 팔을 잡아 내렸다. 사하라는 엄마 품속에서 흐느껴 울었다. 진정으로 무하마디아 초등학교에 다니고 싶어 했으니까. 사하라는 양말과 신발을 신고, 머리 스카프에 블라우스를 입고 있었다. 책, 물병, 배낭도 갖고 왔다. 모두 새것이었다.

교장선생님은 학부모에게 다가가 한 명씩 인사를 나누었다. 너무도 절망적이었다. 어른들은 교장선생님의 등을 토닥이며 위로해주었다. 부 무스 선생님의 눈가에 눈물이 맺히며 촉촉이 젖어들었다. 교장선생님은 학부모들 앞에 섰다. 자신의 마지막 연설을 준비하는 교장선생님의 모습은 슬퍼 보였다. 그런데 교장선생님이 "친애하는 학부모 여러분."이라고 말을 꺼내는 순간, 트라파니가 고래고래 고함치며 손으로 운동장 저 멀리를 가리켰다. 모두 깜짝 놀랐다.

"하룬이다!"

즉각, 우리 모두는 고개를 돌려 그쪽을 바라보았다. 저 멀리 큰 키에 삐쩍 마른 소년 하나가 보였다. 소년은 우리 쪽을 향해 뒤뚱뒤뚱 걸어오고 있었다. 옷과 머리 모양은 아주 깔끔했다. 긴 소매의 하얀색 셔츠를 입었는데, 셔츠 자락을 바지 안에 구겨 넣었다. 걸을 때마다 무릎이 부딪쳐 X자 모양으로 비틀거렸다. 뚱뚱한 아줌마가 그 곁에서 힘겹게 걸어오고 있었다. 저 소년이 하룬이다. 유쾌하고 착한 우리의 친구다. 하룬은 벌써 열다섯 살, 부 무스 선생님과 동갑이다. 하지만 머리가 조금 모자랐다. 하룬은 엄청 신이 나서 재빨리 발걸음을 옮겼다. 우리한테 어서 빨리 오고 싶어 뛰다시피 하는 것 같았다. 하룬은 자기 엄마한테는 전혀 신경 쓰지 않았다. 하룬의 어머니는 하룬 뒤에서 휘청거리며 아들 손을 잡으려고 바동거렸다.

교장선생님 앞에 이르렀을 즈음, 두 사람 모두 숨이 넘어갈 지경이었다.

"교장선생님, 제발 하룬을 받아주세요. 특수학교는 방카 섬에 있잖아요. 하룬을 그곳에 보낼 형편이 안 돼요."

하룬의 어머니가 숨을 헐떡이며 말했다.

하룬은 자기 팔을 가슴에 포개고는 방긋 웃고 있었다. 하룬의 어머니가 말을 이었다.

"게다가, 집에 있는 것보다는 이곳 학교에 있는 게 더 나아요. 집에 있으면 내 뒤만 졸졸 따라다닌다니까요."

하룬은 활짝 미소 지으며, 길고 누런 이를 씩 드러냈다.

교장선생님 또한 미소 지었다. 교장선생님은 부 무스 선생님을 바라보고 어깨를 으쓱해 보이며 말했다.

"이제 열 명이 됐군요."

하룬이 우리를 구해주었다! 우리는 모두 손뼉을 치며 환호했다. 사하라는 잠자코 앉아 있을 수 없었다. 자리에서 벌떡 일어나 머리를 매만지고, 가방을 단단히 멨다. 부 무스 선생님은 얼굴이 빨개졌다. 선생님은 눈물을 멈추고, 화장이 번진 얼굴에서 땀을 닦아냈다.

소나무 아저씨

조금 전까지만 해도 안절부절못하고 화장이 지저분하게 번져 있던 부 무스 선생님의 얼굴은 이제 막 피어난 백합꽃이 되었다. 그 아름다운 꽃의 균형 잡힌 꽃자루처럼 고결한 자태를 유지했다. 스카프는 백합처럼 부드러운 크림 빛이었고, 옷은 꽃의 바닐라 향을 뿜어냈다. 선생님은 들뜬 기분으로 우리에게 자리를 정해주기 시작했다.

부 무스 선생님은 의자에 앉아 있는 학부모한테 다가가 친근하게 대화를 나누었다. 그러고 나서 출석을 불렀다. 모두가 벌써 교실에 들어와 자기 짝꿍과 인사를 나누었다. 나와 처음 보는 그 붉은 곱슬머리의 지저분한 땅딸보를 제외하고. 그 아이는 가만히 앉아 있지를 못했다. 게다가 불에 탄 고무 냄새가 났다.

"아버님, 아드님은 린탕과 함께 앉을 겁니다."

부 무스 선생님이 우리 아버지한테 말했다.

아, 그게 저 아이의 이름이구나, 린탕. 정말 이상한 이름이군.

선생님의 말을 들으며 린탕은 계속 꼼지락거렸다. 그 아이의 아버지는 아이를 달래려고 애를 썼지만, 린탕은 몸을 이리 빼고 저리 빼다가 결국 아버지의 손아귀에서 빠져나왔다. 그러더니 깡충깡충 뛰며 교실로 달려가 직접 자기 자리를 찾아갔다. 나는 교실 밖에서 그 아이를 지켜보았다. 꼭 너무 신이 나서 조랑말에서 내려오지 않겠다고 우겨대는 꼬맹이 같았다. 그 아이는 이제 막 운명을 뛰어넘어 교육의 기회를 움켜잡았다.

부 무스 선생님이 린탕 아버지에게 다가갔다. 그 아저씨는 꼭 번개 맞은 소나무처럼 생겼다. 시커멓고, 쪼글쪼글하고, 바싹 말랐다. 그 아저씨는 어부였지만 얼굴은 양치기처럼 보였다. 순박하고, 마음씨 좋고, 희망으로 가득 찬 아저씨라는 걸 알 수 있었다. 하지만, 대부분의 인도네시아 사람들처럼, 교육이 인간의 기본적인 권리라는 건 깨닫지 못했다.

다른 어부들과는 달리, 그 아저씨는 부 무스 선생님에게 부드럽게 말했다.

"어제, *펠린탕 풀라우* 새 떼가 해안에 날아들었어요."

아저씨는 계속해서 어떻게 그 신성한 새들이 아몬드 나무 꼭대기에 잠시 앉았는지 선생님한테 말해주었다. 새는 폭풍이 시작된다는 것을 알려주는 징조이므로, 날씨가 점차 사나워지고, 바다가 분노할 것이다. 벨리퉁 어부들은 린탕의 아버지처럼 이 새들이 폭풍을 미리 경고하기 위해 섬에 오는 것이라고 굳게 믿었다.

당연하게도, 이 소나무 아저씨 가족의 조상들은 가난의 악순환에서 벗어날 수가 없어 어쩔 수 없이 말레이 공동체에서 어부가 되었다. 이 어부들은 자력으로 일할 수 없었는데, 그건 바다가 부족하기 때문이 아니라 배가 부족하기 때문이다. 그해, 린탕의 아버지는 이런 악순환을 끊으려 했다. 맏아들 린탕이 자기처럼 어부가 되지 않도록 할 것이다. 그래서 린탕은 또 다른 곱슬머리 소년인 내 옆자리에 앉게 되었다. 린탕은 매일 자전거를 타고 학교에 올 것이다. 만약 린탕의 진정한 소명이 어부가 되는 것이라면, 40킬로미터에 이르는 붉은 자갈길의 여정이 공부하겠다는 결심을 깨버릴 것이다. 내가 아까 맡았던 그 탄내는 자동차 타이어로 만든 그 아이의 신발에서 나는 냄새였다. 하도 오랫동안 자전거 페달을 밟았기에 신발이 닳았던 것이다.

린탕의 가족은 탄종켈룸팡 출신이다. 그곳은 바닷가에서 그리 멀지 않았다. 그 마을에 가려면 야자나무 지대 네 군데를 지나야만 했다. 그곳은 습지가 너무 많아서 우리 마을 사람들에게는 머리칼이 쭈뼛할 만큼 무시무시한 곳이었다. 그 무시무시한 야자나무 지대에서는 코코넛 나무만큼이나 커다란 악어와 맞닥뜨리는 일이 다반사였다. 린탕의 바닷가 마을은 수마트라의 동쪽 끝이었는데, 벨리퉁 섬에서 가장 외지고 가난한 지역이라고 말할 수 있다. 린탕에게, 우리 학교가 있는 이곳은 대도시나 마찬가지였다. 여기에 오려면 새벽 4시 *새벽기도* 시간에 자전거 여행을 시작해야만 했다. 아! 그렇게나 작은 아이가……

 교실 안에서 린탕과 마주했을 때, 그 아이는 힘찬 악수로 나를 맞았다. 마치 아버지가 사위가 될 사람하고 악수하는 것 같았다. 그 아이의 몸에서 넘쳐나는 에너지가 내게로 전해져와 나는 전기에 감전되기라도 한 것처럼 찌릿했다. 그 아이는 쉴 새 없이 재잘거렸다. 외딴 지역에서 온 사람들에게서 전형적으로 나타나는 아주 흥미진진하고 유쾌한 벨리퉁 방언이었다. 아이의 눈동자가 교실 안을 잽싸게 둘러보며 반짝반짝 빛났다. 그 아이는 참나리 꽃 같아서 물방울이 꽃잎에 떨어질 때 꽃가루를 사방으로 뿜어내는 듯했다. 반짝반짝 화사하고 생기가 넘쳐났다. 린탕의 곁에 있으니, 꼭 100미터 달리기 도전을 받는 느낌이 들었다.

 "넌 얼마나 빨리 달릴 수 있냐?"

그 아이의 눈초리는 이렇게 묻고 있었다.

그때 부 무스 선생님이 학부모에게 서류를 나누어주며 이름, 직업, 주소를 써서 제출해달라고 했다. 어른들은 모두 그 서류의 빈칸을 채우느라 정신이 없었다. 하지만 린탕의 아버지는 예외였다. 그 아저씨는 바짝 긴장한 채 주춤주춤 서류를 받아 손에 쥐고만 있었다. 서류가 마치 외계의 물체처럼 보였다. 그 아저씨는 이쪽저쪽 두리번거리며 다른 부모들이 적어 내려가는 걸 우두커니 지켜보았다. 이윽고 당혹스러운 표정으로 일어서며 느릿느릿 말했다.

"선생님, 죄송합니다. 난 읽을 줄도, 쓸 줄도 모릅니다."

그러고 나서 린탕 아버지는 자기가 태어난 해조차 제대로 알지 못한다고 애처롭게 덧붙였다. 순간 갑작스레 린탕이 자리에서 벌떡 일어나더니 자기 아버지한테 가 손에 든 서류를 낚아채 이렇게 외쳤다.

"제가 나중에 이 서류를 다 채우겠습니다, 선생님. 제가 읽고 쓰는 걸 배우고 나서 말이에요!"

모두가 린탕을 바라보며 깜짝 놀랐다. 저렇게 작은 아이가 자기 아버지를 옹호하다니!

나는 여전히 혼란스러웠다. 자그마한 아이가 그처럼 짧은 시간 동안 경험하기에는 새로운 것이 너무나 많았다. 초조, 행복, 걱정, 당혹, 새로운 친구들, 새로운 선생님들. 이 모든 것이 내 안에서 요동쳤다.

그런데 한 가지 문제가 상황을 더욱 악화시켰다. 그건 바로 우리 엄마가 내게 사준 새 신발 때문이었다. 난 발을 뒤로 감춰 내 신발이 사람들 눈에 띄지 않도록 애썼다. 하얀 줄무늬가 있는 검은색 신발인데, 딱딱한 고무로 만든 거였다. 정말 흉측한 축구화처럼 생겼다. 그날 아침 식사시간에, 형들은 배꼽이 빠질 정도로 웃어댔다. 아버지가 흘끗 쳐다보자, 형들은 그제야 잠잠해졌다. 어쨌거나 발이 아프고 속은 불편했다. 모두 그 신발 때문이었다.

그러는 사이, 린탕의 머리가 올빼미처럼 빙빙 돌았다. 그 아이에게, 우리 교실의 잡동사니들 다시 말해, 나무 자, 부 무스 선생님의 책상에 놓인 6학년 학생 찰흙 꽃병 작품 과제, 낡은 칠판과 교실 바닥에 이리저리 흩어져 있는 분필은 정말 놀라운 것들이었다.(그중 일부는 이미 가루가 되어 있었다.)

그때 나는 린탕의 아버지, 소나무 아저씨를 쳐다보았다. 아저씨는 자기 아들이 점점 흥분하는 것을 쓸쓸한 미소를 머금은 채 바라보고 있었다. 나는 이해했다. 이 아저씨는 자기 생일조차 모르는 사람이다. 이 아저씨는 돈 혹은 삶의 불공정한 요구라는 고

전적인 이유 때문에 중학교 1, 2학년에 학교를 그만둬야 할 경우, 자기 아들이 받게 될 마음의 상처를 상상하고 있었다. 아저씨에게 교육은 수수께끼였다. 린탕의 아버지가 기억하는 한, 그러니까 그 가족의 4대를 통틀어 린탕은 학교에 다니는 최초의 아이였다. 아저씨가 기억할 수도 없는 아주 오래전, 말레이 조상들이 유목생활을 하던 시절, 이들은 나무껍질로 만든 옷을 입고 나뭇가지 위에서 잠을 자고 달을 숭배했었다.

부 무스 선생님은 닮은 사람끼리 짝을 정해준 것 같았다. 린탕과 내가 짝꿍이 된 건 우리 모두 곱슬머리이기 때문이었다. 트라파니는 마하르와 짝이 되었는데, 둘 다 아주 잘생기고 우상과도 같은 전통적인 말레이 가수들을 닮았다. 트라파니는 교실에 관심이 없었다. 연신 창밖을 흘끔흘끔 내다보며, 자기 엄마의 머리가 다른 부모들의 머리 사이에서 잠시 삐쭉 내미는 모습을 바라보았다.

보렉과 쿠카이가 짝이 된 건 둘이 닮았기 때문이 아니라, 둘 모두 통제하기 어렵기 때문이었다. 교실에 들어와 얼마 되지 않아, 보렉은 이미 분필 지우개로 쿠카이의 얼굴을 온통 문질러댔다. 설상가상, 스카프를 쓴 자그마한 소녀 사하라는 일부러 아 키옹의 물병을 엎어 그 중국인 아이가 울음을 터트리게 만들었다. 마치 귀신이라도 본 것처럼 말이다. 사하라는 정말 제멋대로이다. 그 물병 사건은 둘 사이에서 경쟁이 시작되었음을 알렸다. 이 싸움은 초등학교 6년 내내 이어졌다. 아 키옹의 울음은 그날 아침의 유쾌한 시작에 오점을 남겼다.

나에게 그날 아침은 잊지 못할 날이었다. 그 기억은 수십 년 동안 남아 있다. 그날 아침, 나는 린탕이 깎지도 않은 커다란 연필을 어정쩡하게 움켜쥐고 있는 걸 보았다. 마치 커다란 칼을 쥐고 있는 것 같았다. 그 아이의 아버지는 아들에게 엉뚱한 연필을 사주었던 것이다. 두 가지 색이 나오는 색연필이었는데, 한쪽 끝은 빨간색 다른 쪽 끝은 파란색이었다. 그건 재봉사가 옷감에 표시할 때 쓰는 그런 연필이 아니었던가? 아니면 구두 수선공이 가죽에 표시하는 연필? 어떤 종류의 연필이었든, 필기하는 데 쓰는 연필이 아닌 것만은 분명했다.

그 아이가 가져온 공책도 엉뚱한 것이었다. 짙푸른 색 표지에 줄이 세 개였다. 그건 2학년 때 필기체 배울 때 쓰는 그런 공책이 아니었던가? 그날 아침, 바닷가에서 온 내 짝꿍이 난생 처음으로 책과 연필을 잡아보는 모습을 난 평생 잊지 못한다. 그 뒤로, 그 아이가 쓰게 되는 모든 글은 투명한 마음의 열매였다. 그리고 그 아이가 하는 모든 말은 찬란한 빛의 역할을 했다. 시간이 흘러감에 따라, 이 가난한 바닷가 소년은 오랫동안 우리 학교에 드리웠던 어두운 비구름을 밝게 빛나게 했다. 이 아이는 내 평생 만난 가장 똑똑한 사람으로 자랐기 때문이다.

텅 빈 유리 장식장

우리 학교를 묘사하는 건 그리 어렵지 않다. 우리 학교는 인도네시아의 수백 개, 어쩌면 수천 개의 가난한 학교 중 하나였으니까. 짝짓기를 하려는 발정 난 염소가 달려와 박기라도 한다면, 우리 학교는 폭삭 무너져 내려 산산조각 날 거다.

우리는 전 학년, 전 과목에 선생님이 달랑 두 명뿐이었다. 교복도 없었다. 화장실도 없었다. 숲 가장자리에 학교를 지었기에, 화장실이 가고 싶으면 수풀 속으로 슬그머니 들어가면 그만이었다. 그럴 때면 선생님은 우리가 혹시라도 뱀에게 물릴까 뒤에서 망을 본다.

우리에게는 비상약도 없었다. 설사, 종기, 기침, 유행성감기, 가려움으로 고생하면 선생님은 큼지막한 알약을 주었는데, 그

3장 • 텅 빈 유리 장식장

알약은 꼭 비옷에 달린 단추처럼 생겼다. 아주 쓴 하얀색 그 약을 먹고 나면 배부른 느낌이 든다. 알약에는 APC라고 커다랗게 적혀 있었다. 아스피린(Aspirin), 페나세틴(Phenacetin), 카페인(Caffeine)을 뜻하는 말이다. APC 알약은 벨리퉁 변두리 지역 전역에서 전설과도 같은 약이었다. 어떤 병이든 고칠 수 있는 마법의 약으로 통했으니 말이다. 이런 일반적인 치료는 가난한 사람들을 위한 건강관리 자금의 배급부족을 보충하기 위한 정부의 해법이었다.

우리 학교에는 정부 관료, 학교 관리, 혹은 의원들이 찾아오는 법이 절대 없었다. 유일하게 정기적으로 찾아오는 방문객은 닌자처럼 옷을 입은 남자였다. 그 남자는 커다란 알루미늄 튜브를 등에 지고 있었는데, 그 뒤에는 호스가 달려 있어서 달나라에라도 가는 것처럼 보였다. 그 사람은 보건부에서 보냈는데, 화학 가스로 모기를 퇴치하는 일을 했다. 하얀색 짙은 연기가 신호처럼 피어오를 때마다, 우리는 기쁨에 들떠 환호하며 소리쳤다.

우리 학교에는 수위도 없었다. 훔쳐갈 만한 물건이라고는 하나도 없었으니까. 노란색 대나무 깃대가 이곳이 학교 건물이라는 것을 알려주는 유일한 물건이었다. 흰색 햇살과 태양이 그려진 초록색 간판은 깃대에 비뚜름히 매달려 있었다. 그 가운데에는 이렇게 적혀 있었다.

무하마디아 학교

태양 바로 아래에는 아라비아어로 적은 문장이 있었다. 2학년 때 아라비아어를 배운 뒤, 난 그 문장이 *"좋은 일을 하고 나쁜 일을 하지 마라."*는 뜻이라는 걸 알았다. 이것은 3천만 명 이상의 회원을 보유한 인도네시아에서 두 번째로 커다란 이슬람 조직인 무하마디아의 교훈이다. 이 문장은 우리 가슴속에 새겨져, 어른이 되어가는 내내 마음속에 남아 있었다. 우리는 그것을 마치 우리 손바닥처럼 훤히 알고 있었다.

멀리서 바라보면, 우리 학교는 막 쓰러질 것처럼 보였다. 낡아빠진 나무들은 옆으로 기울었는데, 무거운 지붕의 무게를 견뎌내기 무척 힘겨운 듯했다. 학교 건물은 코프라[3] 헛간을 닮았다. 건물은 제대로 된 건축원칙을 따르지 않아서 창문과 문은 잠글 수도 없었다. 문틀하고 맞는 게 하나도 없었다. 어쨌든 문을 잠글 필요도 없었다.

교실 안 분위기는 다음과 같은 말로 묘사할 수 있다. 활용성 낮고, 놀랍고, 비통할 정도로 애처롭다. 그 무엇보다도, 활용성이 가장 낮은 것은 낡아빠진 유리 장식장이다. 문이 있기는 했지만,

---

[3] 야자씨의 배유(胚乳). 야자유를 만드는 데 쓴다.

한 번도 잠가본 적은 없다. 종이 쐐기가 있어야 겨우 닫을 수 있었다. 제대로 된 교실 안에서라면, 그런 장식장에는 보통 성공한 동문 혹은 교육부 장관과 함께 찍은 교장선생님 사진, 혹은 교육부 부장관과 함께 있는 교감선생님 사진이 들어 있을 것이다. 혹은 학교의 자랑스러운 업적을 알려주는 상패, 메달, 증명서, 트로피가 들어 있을 수도 있다. 하지만 우리 교실의 그 커다란 유리 장식장은 구석에 그냥 버려져 있었다. 속이 텅 빈 측은한 비품이었다. 어떤 정부 관료도 우리 학교를 찾아오고 싶어 하지 않았고, 자랑할 만한 졸업생도 없었다. 우리는 그때까지 어떤 명예로운 업적도 이뤄낸 적이 없었기 때문이었다.

다른 초등학교 교실과는 달리, 우리 교실 안에는 곱셈표조차 없었다. 달력도 없었다. 인도네시아 대통령이나 부통령 사진, 혹은 국가 상징인 가루다 빤짜실라Garuda Pancasila. 항상 오른쪽만을 쳐다보고 꼬리에 여덟 개 깃털이 달린 전설의 새(가루다)와 다섯 개의 건국이념(빤짜실라)을 상징하는 문양이 그려 있다.] 사진도 없었다. 교실에 걸어놓은 것은 포스터가 전부였다. 그건 부 무스 선생님의 책상 바로 뒤에 있었는데, 벽의 두꺼운 판자에 난 커다란 구멍을 가리기 위한 것이었다. 포스터에는 턱수염이 무성한 한 남자가 있었다. 그 남자는 흐르듯이 길게 드리워진 예복을 입고, 어깨에는 기타를 멋지게 메고 있었다. 그 남자의 우울한 눈빛은 마치 인생의 엄청난 시련을 겪은 듯 이글거렸다. 이 세상에서 직면하는 모든 사악함에 맞서기로 굳게 결심한 것처럼, 그 남자는 하늘을 응시하고 있었다. 엄청난 돈이 그의 얼굴을 향해 쏟아져 내리고 있었다. 그 남자는 당둣(대중가요) 가수 '로마 이라마'로, 말레이 변방지대의 아이돌이었다. 그러니까 우리의 엘비스 프레슬리였다. 포스터 아래에는 몇 마디 말이 적혀 있었다. 내가 처음 학교에 다니기 시작했을 때는 이해할 수 없는 말이었지만 2학년 때 글을 배워 읽을 수 있게 되었을 때 그 뜻을 알았다.

로마 이라마, 돈벼락!

인도네시아 학교에서는 대통령과 부통령 사진, 그리고 국가의 상징 가루다 빤짜실라를 의무적으로 걸어두어야 한다. 모범학교로 평가받으려면 이런 사진은 결정적인 요소다. 하지만 우리 학교에서는 아무런 문제가 되지 않았는데, 그건 우리 학교가 모범학교가 아니었기 때문이었다. 뿐만 아니라 한 번도 평가를 받아 본 적도 없었다. 의무적으로 걸어두어야 할 사진들을 제대로 걸어두고 있는지 검사하러 오는 사람도 없었다. 교육위원회에서는 우리의 존재 자체를 거의 인식도 못하고 있기 때문이었다. 마치 우리 학교가 시간과 공간 속에서 사라져버린 것 같았다. 하지만 무슨 상관이람. 우리에게는 더 좋은 사진이 있다. 바로 로마 이라마!

3장 • 텅 빈 유리 장식장

초등학교 교실에서 있을 법한 최악의 문제를 상상해보자. 머리통만 한 구멍이 난 지붕. 그래서 학생들은 그 구멍으로 하늘을 날아다니는 비행기를 볼 수 있고, 비오는 날이면 수업시간에 우산을 들고 있어야만 한다. 시멘트 바닥은 끊임없이 부서지고 있다. 학교가 무너져 내리면 어쩌나 하는 두려움에 심장을 파고드는 세찬 바람이 학생들의 신경을 자극한다. 교실에 들어가려면 먼저 교실을 차지하고 있는 염소들을 밖으로 몰아내야 한다. 우리는 이런 것들을 모두 경험했다. 그러니 독자 여러분, 우리 학교의 가난에 대해 이야기하는 것은 더 이상 흥미롭지 않다. 흥미로운 것은 이와 같은 학교의 생존을 지켜내는 데 자신의 삶을 헌신한 사람들이다. 그분들은 바로 우리 학교 교장선생님과 부 무스 선생님이다.

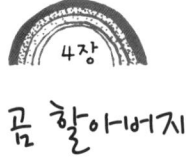

곰 할아버지

    우리 학교와 마찬가지로, 꽉 하르판 교장선생님을 묘사하기도 어렵지 않다. 교장선생님의 덥수룩한 콧수염은 짙은 갈색 턱수염과 이어졌는데, 턱수염에는 군데군데 하얗게 센 털이 나 있었다. 간략히 말해, 교장선생님은 약간 험상궂은 얼굴이었다.
    만약 누군가 교장선생님한테 헝클어진 턱수염에 대해 묻는다면, 교장선생님은 전혀 망설이지 않고 『턱수염 관리의 우수성』이라는 제목의 책을 건넬 것이다. 서문만 읽어봐도 처음부터 그런 질문을 한 게 부끄러울 것이다.
    개학 첫날, 교장선생님은 수수한 셔츠를 입었다. 지금은 흰색에 가깝지만 예전에는 초록색이었을 거다. 아직 희미하게 그 흔적은 남아 있었다. 속옷에는 구멍이 숭숭 나 있고, 바지는 하도 빨아 색이 바랬다. 끈을 꼬아 만든 싸구려 비닐벨트는 여기저기 구멍이 나 있었다. 분명 십 대부터 그 벨트를 찼을 거다. 교육을 위해, 교장선생님은 돈 한 푼 받지 않고 수십 년 동안 이곳 무하마디아 학교에서 아이들을 가르쳐왔다. 그러면서 텃밭에서 곡식을 키워 식구들을 부양했다.

교장선생님의 모습은 회색곰처럼 생겼기에, 처음 보았을 때 우리는 덜컥 겁부터 났다. 꼬마 아이들은 교장선생님이 보이면 움찔 놀라곤 했다. 하지만 개학 첫날 우리한테 이야기를 들려주기 시작했을 때, 교장선생님의 환영사는 지혜가 담긴 아름다운 진주처럼 떠오르더니 즐거운 분위기가 교장선생님의 초라한 학교를 포근하게 감싸주었다. 한순간에, 교장선생님은 우리의 마음을 빼앗아버렸다. 우리한테 노아의 방주에 대해, 그리고 대홍수로부터 동물들을 쌍쌍이 구해주는 이야기를 해줄 때, 교장선생님은 옷깃을 느슨하게 풀었다.

"홍수가 올 거라는 경고에 귀 기울이지 않으려는 사람들이 있었단다."

교장선생님이 실감나게 이야기했다. 우리는 넋을 잃고 교장선생님을 뚫어져라 바라보며 한 마디 한 마디 귀담아들었다.

"그러니까, 오만함이 그들을 눈멀게 하고, 귀먹게 하고, 마침내 그들은 파도에 산산조각 나버리고 말았지……."

이 이야기에 우리는 큰 감명을 받았다. 내게 준 첫 번째 도덕적 교훈은 이런 거였다. 열심히 기도하지 않으려면, 훌륭한 수영선수가 되어야 한다.

교장선생님은 계속해서 마호메트 시대의 역사적인 전쟁에 대한 매력적인 이야기를 들려주었다. 이야기 속의 군대는 군인이 아닌 사제들로 구성되었는데, 그건 바로 바드르 전쟁(Badr War)이었다. 313명의 이슬람 군대가 완전 무장한 수천 명의 사악한 적군을 무찔렀던 것이다.

"알려주마. 30일 안에 너희는 죽게 될 것이다!"

교장선생님은 교실 창문 밖 하늘을 뚫어져라 바라보며 또랑또랑한 목소리로, 위대한 바드르 전쟁에서 적의 패배를 예언한 메카의 꿈을 외치고 있었다.

교장선생님의 외침을 들으며 나는 자리에서 벌떡 일어나고 싶었다. 우리는 소스라치게 놀랐다. 교장선생님의 묵직한 목소리는 우리의 영혼을 흔들었다. 우리는 몸을 앞으로 쑥 빼고 다음 이야기를 기다리며 가슴 졸였다. 우리 종교의 선지자들의 싸움을 응원하고 싶었다.

이윽고 교장선생님은 분위기를 차분히 가라앉히고는 우리 학교의 창설자들이 경험했던 고통을 이야기해주었다. 네덜란드가 식민 통치를 통해 어떻게 억압했는지, 정부로부터 어떻게 버림

받았는지, 돌봐주는 이 하나 없어도 결연히 일어나 교육에 대한 원대한 꿈을 어떻게 추구했는지.

교장선생님은 바드르 전쟁에 대해 당신이 알고 있는 모든 이야기를 열정적으로 들려주었다. 그 안에는 아침 바람의 청명함도 깃들어 있었다. 우리는 교장선생님의 한 마디 한 마디, 그리고 몸짓 하나하나에 넋을 잃었다. 교장선생님에게는 부드러운 감화와 후덕함이 있었다. 교장선생님의 표정과 태도는 현명하고 용감한 사람의 그것이었다. 인생의 쓴맛을 경험한 사람의 그것이었다. 대양처럼 많은 것을 알고 있고, 기꺼이 위험을 감수하고, 다른 사람들이 이해할 수 있게 설명하는 데 진정으로 몰두하는 사람이었다.

첫날인데도, 우리는 교장선생님이 학생들 앞에서 진지하다는 걸 알 수 있었다. 교장선생님은 말 그대로 진정한 구루였다. 구루란 힌디어로 지식을 전달하는 사람일 뿐만 아니라 학생들의 친구이자 영혼의 안내자라는 뜻이다. 교장선생님은 목소리의 높낮이를 자유자재로 조절하고, 강조하고 싶은 말을 할 때는 책상 모서리를 움켜잡기도 했다. 문득 양손을 위로 들어 올릴 때는 마치 풍작을 약속하고 비를 부르는 기우제 춤을 추는 사람의 동작 같았다.

우리가 교실에서 질문을 할 때면, 교장선생님은 우리에게 다가와서는 평온한 눈빛으로 의미심장하게 우리를 뚫어져라 바라보았다. 마치 우리가 가장 소중한 말레이 아이들이기라도 한 것처럼. 교장선생님은 우리 귀에 대고 속삭였다. 시와 코란의 문구를 유창하게 암송하고, 우리의 이해력을 환기시키고, 지식으로 우리 가슴에 감동을 심어주고, 그러고 나서는 조용히 물러났다. 오랫동안 잃어버린 사랑에 대해 백일몽을 꾸는 사람처럼. 정말 아름다웠다.

겸손한 말로 빗방울만큼이나 뚜렷하게, 교장선생님은 우리에게 소박한 삶의 고결함의 정수를 알려주었다. 교장선생님은 우리에게 공부에 대한 영감을 불러일으켰고, 시련에 직면해 결코 굴복하지 말라는 조언으로 우리를 매료시켰다. 교장선생님의 첫 번째 교훈은 확신을 갖고 단호하게 맞서라는 것이었다. 그리고 꿈을 향한 강인한 열망을 지니라는 것이었다. 최선을 다해 힘차게 나가는 한, 가난 속에서도 삶이 행복할 수 있다는 확신을 우리에게 심어주었다.

우리는 이 멋지고 고결한 이야기꾼을 바라보는 동안 눈 하나 깜빡이지 않았다. 교장선생님은 낡아빠진 옷을 입은 늙고 지친 남자의 모습이었다. 하지만 순수한 사고와 말은 너무나도 밝게 빛났다. 교장선생님이 말할 때 우리는 귀를 쫑긋 세우고 마법에 빠진 듯 다음에 무슨 말을 할까 조바심 내며 기다렸다. 내가 그곳에 있다는 것이 믿을 수 없는 행운이라고 생각되었다. 이 놀라운 사람들 한가운데 말이다. 이 가난한 학교에는 아름다움이 있었는데, 나는 그 아름다움을 수천 개의 화려한 학교들과도 바꾸지 않을 것이다.

교장선생님이 방금 끝마친 이야기를 우리가 잘 이해했는지 알아보려 질문할 때마다, 우리는 손을 번쩍 들었다. 답을 제대로 알고 있는지 알지도 못하면서 말이다. 그리고 교장선생님이 질문을 하기도 전에 우리는 대답할 기회를 얻기 위해 서로 먼저 대답하겠노라고 아우성쳤다.

안타깝게도, 시간이 다 되어 원기왕성하고 매혹적인 선생님은 교실에서 나가야 했다. 교장선생님과의 한 시간은 마치 일 분 같았다. 우리는 교장선생님이 교실을 빠져나갈 때까지 꽁무니를 졸졸 따라갔다. 우리는 눈을 뗄 수 없었다. 교장선생님과 사랑에 빠져버렸다. 교장선생님은 이미 우리를 이 낡은 학교와 사랑에 빠지게 만들어버렸던 것이다. 무하마디아 초등학교에서의 첫째 날 교장선생님이 들려준 이야기는 무너져 내릴 것 같은 이 학교를 무슨 일이 있더라도 지켜내고 말겠다는 열망을 우리 가슴속에 분명하게 심어주었다.

그 뒤를 이어 부 무스 선생님이 수업을 맡았다. 자기소개 시간. 학생들이 한 명씩 앞으로 나와 자신을 소개했다. 마침내 아 키옹의 차례가 되었다. 아 키옹은 이제 울음을 그쳤지만, 그래도 아직 흐느낌은 남아 있었다. 아 키옹은 교실 앞으로 나오라고 하니 좋아했다. 흐느끼면서도 미소를 지었다. 왼손으로는 빈 물병을 부여잡았다. 사하라가 그 안에 든 물을 다 쏟아서 병은 비어 있었다. 아 키옹은 오른손으로는 물병의 뚜껑을 세게 잡았다.

"이름하고 주소를 말해줄래."

부 무스 선생님이 중국계 아이에게 부드럽게 말했다.

아 키옹은 망설이듯 부 무스 선생님을 바라보며 미소 지어보였다. 아 키옹의 아버지는 학부모 틈바구니에서 몸을 빼며 자기 아이가 제대로 대답하기를 기대했다. 선생님이 되풀이해서 물어보았지만, 아 키옹은 한 마디도 하지 않았다. 그저 연신 웃기만 했다.

"어서."

부 무스 선생님이 다시 한 번 재촉했다.

아 키옹은 오직 미소로만 답했다. 자기 아버지만 바라보았는데, 그 애 아버지는 시간이 지남에 따라 점점 초조한 빛이 역력했다. 난 그 애 아버지의 마음을 읽을 수 있었다.

"어서 아들, 용기를 내 이름을 말해! 적어도 네 아버지 이름을

말해, 딱 한 번만! 중국인을 욕되게 하지 말라고!"

중국인 아버지는 서글서글한 얼굴이었다. 농사를 짓는 사람이었는데, 농부는 벨리통에 사는 중국인들 사이에서는 사회적 지위가 가장 낮았다.

부 무스 선생님은 마지막으로 그 애를 달래보았다.

"좋아, 이제 네 소개를 할 마지막 기회야. 아직 준비가 되지 않았다면, 자리에 돌아가도 좋아."

아무런 대답도 하지 못한 걸 낙담하기는커녕, 아 키옹은 더욱 좋아라 했다. 아 키옹은 한 마디도 하지 않았다. 활짝 웃으며 다람쥐 같은 뺨을 붉게 물들였다.

두 번째 도덕적 교훈. 농장에 살고 있는 사람한테는 이름과 주소를 묻지 말 것.

그렇게 그해 2월의 잊을 수 없는 자기소개 시간이 지나갔다.

플로

벨리퉁 섬

자그마한 벨리퉁 섬은 인도네시아에서 가장 부유한 섬이다. 어쩌면 이 세상에서 가장 부유한 섬일지도 모른다. 이 섬은 수마트라에 속한 섬이지만, 그 부(富) 때문에 철저히 소외되어왔다. 이곳, 외딴 섬에 고대 말레이 문화가 말라카[4]에서 들어왔다. 이 땅에는 비밀이 숨어 있었는데, 마침내 그 비밀을 네덜란드인이 찾아냈다. 습지가 많은 땅 저 깊숙한 곳에 보물이 흘렀다. 주석. 축복받은 주석. 주석 한 줌은 쌀 열 바가지 이상의 값어치가 있었다.

---

[4] 말레이 연방에 속한 주.

바벨탑과 마찬가지로 주석은 벨리퉁에서 하늘에 이르는 계단이자 권력의 상징인 부의 탑이었다. 끝 모르게 우뚝 솟은 탑. 말라카 반도를 가로질러 대양의 파도처럼 끊임없이 물결쳤다.

팔을 뻗어 얕은 충적층 표면 아래로 혹은 그냥 아무 데나 넣어보면, 팔에 주석이 묻어 희끗하게 빛날 것이다. 해안에서 멀리 떨어진 곳에서 보면, 벨리퉁은 배의 선장을 안내하는 등대처럼 주석으로 반짝반짝 빛났다.

전 세계적으로 주석산지로 유명하기에, 지리책에는 *벨리퉁, 주석 섬*이라고 적혀 있었다. 하지만 신은 섬으로 항해하는 배들이 길을 잃지 않도록 벨리퉁을 주석으로 축복하지 않았다. 대신, 신은 주석이 섬에 살고 있는 주민들에게 길잡이가 되기를 바랐다. 사람들이 신의 선물을 너무나도 당연한 것이라고 생각했던 것일까? 전능하신 신이 레무리아인[5]을 벌주었을 때처럼, 마침내 사람들은 모든 것을 잃게 되었다.

주석은 밤늦도록 빛났다. 대규모 주석개발이 끊임없이 이루어졌다. 수천 개의 불빛 아래, 수백만 킬로와트의 에너지를 사용하면서. 깜깜한 밤에 하늘에서 본다면, 벨리퉁은 빛해파리 떼처럼 보일 것이다. 밝게 빛나는, 바다의 어둠 속에서 푸른빛을 내뿜는

---

5 태평양에 있었다고 전설로 내려오는 레무리아 대륙에 살던 사람들.

해파리 떼. 그 자체로 자그마하고, 반짝반짝 빛나고, 아름답고, 풍요롭다.

축복받은 것은 주석이 흐르는 땅이다. 꿀벌이 떼거지로 꼬이는 과부꽃처럼, 주석에는 언제나 다른 물질들도 따라오기 때문이다. 점토, 제노타임, 지르코늄, 금, 은, 토파즈, 방연석, 구리, 석영, 실리카, 화강암, 모나자이트, 티탄철석, 운철, 적철광. 우리 섬에는 심지어 우라늄도 있었다. 부자들은 으리으리한 기둥을 받쳐 높이 지은 집 아래를 휘젓고 다녔다. 하지만 우리는 빼앗긴 삶을 살았다. 우리 벨리퉁 토착 원주민들은 쌀이 가득 찬 헛간에서 쫄쫄 굶고 있는 쥐 떼 같았다.

사유지

'PN 티마(Timah)' 라는 이름의 회사가 그 엄청난 자연자원을 개발했다. PN은 국가소유 기업이라는 뜻이고, 티마는 주석을 의미한다.

PN은 준설기 16대를 가동했다. 이 회사는 섬 노동력을 거의 대부분 가져갔다. 벨리퉁 섬 전체를 아우르는 완벽한 권력독점의 살아 움직이는 혈관이었다.

준설기의 거대한 강철 삽은 멈추지 않고 벨리퉁 섬을 끊임없이 파 들어갔다. 탐욕스러운 거대한 뱀처럼 결코 지칠 줄 몰랐다. 준설기는 축구장만큼이나 길고, 무엇도 그 길을 막을 수 없었다. 산호초를 박살내고, 작은 집채만 한 나무를 쓰러뜨리고, 벽돌 건물을 한 방에 부숴버리며 마을 전체를 완전히 가루로 만들어버렸다. 산비탈, 밭, 계곡, 바다, 호수, 강, 습지를 가리지 않고 돌아다녔다. 준설기의 소리는 으르렁거리며 포효하는 공룡 소리 같았다.

우리는 이따금 바보 같은 내기를 걸곤 했는데, 예를 들면 준설기가 언덕을 평평한 땅으로 만드는 데 시간이 얼마나 걸리나와 같은 것들이었다. 사흐단이 늘 내기에서 졌다. 내기에서 지면 학교에서부터 집까지 뒤로 걸어가야 했다. 절대 앞으로 걸으면 안 됐다. 사흐단이 펭귄처럼 어기적어기적 뒷걸음치는 내내 우리는 그 뒤를 졸졸 따라가면서 탬버린을 쳐댔다. 사흐단의 여정은 보통 도랑에 고꾸라지는 것으로 마무리되곤 했다.

인도네시아 정부는 식민지 네덜란드로부터 PN을 인수했다. 자산만 몰수한 게 아니라 봉건적인 정신까지도 그대로 이어받았다. 인도네시아 정부가 인수한 뒤에도 토착 원주민 고용인들에 대한 PN의 대우는 여전히 매우 차별적으로 남아 있었다. 카스트와 비슷한 틀에 따라 차별대우를 했다.

가장 높은 카스트는 PN 경영진이 독차지했다. 우리는 이들을 스태프라고 불렀다. 가장 천한 카스트는 다름 아닌 우리 부모들이었다. 파이프 운반자, 주석을 체로 거르는 중노동자 혹은 일당을 받고 일하는 노동자 등, PN을 위해 일하는 사람들 말이다. 벨리퉁은 이미 회사의 손아귀에 들어갔기에, PN은 강력한 지배자로서의 지위를 당연한 것으로 여겼다. 그래서 봉건적인 틀에 적합한 PN 노동자의 카스트는 일하지 않는 시간에도 자연스럽게 스며들었다.

스태프 중 벨리퉁-말레이인은 거의 없었다. 스태프는 사유지라 부르는 엘리트 지역에 살았다. 이 지역은 경비원, 울타리, 높은 벽, 그리고 사방에 붙어 있는 세 개 언어, 즉 공식적인 식민지 스타일의 인도네시아어, 중국어, 네덜란드어로 된 고약한 경고 문구로 굳건히 지켜졌는데, 경고 문구는 이렇게 쓰여 있었다.

"권리 없는 자, 출입금지."

가난한 시골아이들인 우리 눈에 사유지는 "가까이 오지 말 것"이라고 말하는 것처럼 보였다. 그 느낌은 길게 늘어선 키 큰 야자나무로 더욱 굳어졌다. 야자나무는 차고 출구에 줄지어 선 값비싼 고급차의 지붕 위에 피처럼 붉은 열매를 떨어뜨리고 있었다.

사유지의 호화로운 주택들은 빅토리아풍으로 지었다. 커튼은 물결처럼 층층이 접혀 있어서 꼭 영화관 스크린을 닮았다. 집 안에는 몇 명 안 되는 가족들이 한가로이 살았다. 기껏해야 아이들 두세 명에 불과했다. 이들은 언제나 평화롭고, 아늑하고, 조용조용했다.

사유지는 만곡의 높은 지대에 자리 잡고 있었기에, 빅토리아풍 주택들은 귀족이 사는 성의 자태를 뽐냈다. 집은 각각 네 개의 단독 구조로 되어 있었는데, 집주인을 위한 본관, 하인이 머무는 곳, 차고, 그리고 창고가 그것이었다. 건물은 모두 기다랗고 탁 트인 테라스로 연결되었다. 주택은 자그마한 연못으로 둘러싸여 있었는데, 연못 가장자리에는 매혹적인 푸른 물백합이 둥둥 떠 있었다. 연못 한가운데에는 전설적인 벨기에의 오줌 누는 배불뚝이 소년 조각 동상이 서 있었다. 우스꽝스럽게 생긴 자그마한 고추는 노상 물을 뿜어내고 있었다.

은빛 선인장 항아리가 지붕 모서리에 줄지어 매달려 있고, 꽃을 돌보는 일꾼도 있었다. 연못 옆에는 고대 로마 양식의 기둥으로 장식한 네모난 새장 하나가 서 있었는데, 식욕은 왕성하나 성격은 온순한 잉글리시 비둘기의 집이다.

거실에는 빅토리아풍의 커다란 자단 소파가 있었다. 그 위에 앉으면, 고상한 왕이라도 된 느낌이었다. 거실 옆으로 복잡하게 기다란 복도가 뻗어 있고, 복도에는 예술적 가치가 높은 값비싼 그림들이 벽에 나란히 걸려 있는데, 어찌나 웅대한지 무슨 그림인지 도통 이해할 수가 없었다. 독자 여러분, 만약 거실에서 식당으로 가려면 조심해야 한다. 잘못하다간 길을 잃고 말 테니까. 집에는 문도 너무나 많다.

집 주인들은 멋지게 차려입고 정찬을 즐겼다. 심지어 식사용 신발을 따로 신기도 했다. 무릎에 냅킨을 올려놓은 뒤, 클래식 음악을 들으며 얌전히 식사를 한다. 그 음악은 어쩌면 모차르트의 교향곡 제35번 〈하프너〉이리라. 그리고 누구도 팔꿈치를 식탁 위에 올리는 법이 없었다.

이 평온한 밤, 사유지의 분위기는 너무나도 고요했다. 쥐 죽은 듯했다. 저 멀리 모퉁이에서 가벼운 소음이 잠깐 들려왔지만, 그건 앙고라 고양이들과 희롱하는 강아지였다. 가정부가 주인한테서 꾸지람을 듣고 그 귀여운 동물들을 떼어놓자 이내 조용해졌다. 뒤이어, 아무렇게나 뚱땅거리는 피아노 건반 소리가 높다란 기둥의 빅토리아풍 주택의 어딘가에서 희미하게 새어나왔다. 자그마한 말괄량이 플로가 피아노 레슨을 받고 있었다. 안타깝게도, 플로는 졸음이 약간 밀려왔다. 턱을 양손으로 괴고 연신 하품을 해댔다. 꽤 오랫동안 잠을 잔 고양이 같았다.

준설기 책임자인 플로의 아버지는 플로 옆에 앉아 있었다. 아버지는 말괄량이 딸의 태도에 기분이 좋지 않았다. 매너 좋은 중년의 자바 피아노 여선생 앞에서 당혹스러웠다.

플로의 아버지는 수천 명이나 되는 일꾼들의 교대와 근무시간을 관리했다. 기술적인 문제에서 어려움을 해결하는 데 능숙했고, 수백만 달러에 달하는 자산도 성공적으로 관리했다. 하지만 막내딸인 이 자그마한 소녀에 대해서만큼은 그냥 포기하고 싶은 심정이었다. 아버지가 플로를 큰 목소리로 꾸짖으면 꾸짖을수록, 하품을 하느라 벌어진 플로의 입은 더욱 커져만 갔다.

개인교수는 참을성 있게 도, 미, 솔, 시의 음계를 시작했다. 네 옥타브를 옮겨 다니며, 각각의 음계에 따른 손가락의 위치를 보여주며, 기초적인 손가락 훈련을 시켰다. 플로는 다시 하품을 해댔다.

PN 학교

PN 학교는 사유지 안에 있었다. 학교는 최고의 학생들을 위한 장소였다. 조건을 갖춘 학생 수백 명이 이 학교의 최고의 기준에 필적했다. 플로도 그들 중 하나였다.

PN 학교와 우리 학교의 차이는 하늘과 땅만큼이나 컸다. PN 학교 교실은 교육용 만화, 기초적인 곱셈표, 원소 주기율표, 세계지도, 온도계, 대통령과 부통령 사진, 그리고 꼬리에 깃털 여덟 개가 달린 그 기괴한 새가 그려져 있는 국가 상징으로 멋지게 장식되어 있었다. 또한 해부용 인체모형, 커다란 태양계 행성모형도 있었다. 분필을 사용하지 않고 대신 하얀색 칠판에 냄새가 고약한 마커펜을 사용했다.

"거기에는 선생님이 무척 많아."

한때 그 학교에 다녔던 누군가가 무하마디아 초등학교에 처음 등교하기 전날 밤에 내게 일러주었다. 난 생각에 잠겼다.

"과목마다 담당 선생님이 있어. 1학년에도 말이야."

나는 그날 밤 잠을 이룰 수 없었다. PN 학교에 선생님이 도대체 몇 명이나 있는지 계산하느라 현기증이 날 정도였다. 물론, 다음 날 학교에 간다는 생각에 흥분해 있었기 때문이기도 했다.

PN 학교에 입학하는 첫날은 신나는 축제였다. 우리 학교처럼 안절부절못하게 하는 일은 없었다. 수십 대의 멋진 차들이 학교 앞에 줄지어 서고, 수백 명의 부자 아이들이 등록했다. 그날, 신입생들은 각기 다른 세 가지 교복을 맞추었다.

월요일에 입는 교복은 멋진 꽃무늬가 그려진 푸른 셔츠였다. 매일 아침, 스쿨버스가 와서 PN 학교 학생들을 태우고 갔다. 스쿨버스도 파란색이었다. 스쿨버스가 우리를 지나쳐갈 때마다, 우리는 가던 길을 멈추고 서서 놀라움이 가득한 눈으로 뚫어져라 바라보았다. 그리고 감탄했다. PN 학교 학생들이 스쿨버스에서 내리는 모습을 보니 마치 크리스마스 달력에서처럼 자그마하고, 귀엽고, 하얗고, 날개 달린 한 무리의 아이들이 구름에서 내려오는 장면이 떠올랐다.

PN 학교 교장선생님은 공부를 많이 한 유명한 분이었다. 그 여선생님은 몸짓으로 자신의 사회계급을 돋보이게 했다. 그 교장선생님과 가까이 있으면 누구든 두려움을 느낄 거다. 교장선생님은 분명 화장을 했다. 하지만 화장으로 나이를 숨기려 고군분투 했음에도, 그 싸움에서 이미 진 것이 분명해 보였다.

PN 학교 교장선생님은 자기 학교에 대한 자부심이 대단했다. 누구와 대화라도 할라치면, 그 교장선생님은 세 가지를 이야기하는 데에만 관심이 있었다. PN 학교의 훌륭한 시설, 비정규 과목에 대한 막대한 예산, 지금 자카르타에서 잘나가는 졸업생들.

PN 학교는 벨리퉁에서 가장 독특한 클럽이었다. 그 학교는 사유지에 사는 스태프의 자녀들만 받아들였다. 어떤 부류의 직원이 자녀를 PN 학교에 등록시킬 수 있는지를 정해놓은 공식적인 규칙이 있었다. 그리고 물론, 교문에는 *"권리 없는 자, 출입금지."*라는 경고 문구가 붙어 있었다.

이것은 어부, 파이프 운반자, 일용직 노동자 또는 우리 부모처럼 주석을 나르는 중노동자의 자녀들, 특히 벨리퉁의 토착 원주민 아이들은 좋은 교육을 받을 기회조차 갖지 못한다는 뜻이었다. 만약 그 아이들이 학교에 가고 싶다면, 어쩔 수 없이 무하마디아 마을학교에 다녀야 했다. 조금만 바람이 세게 불면 금방이라도 무너져 내릴지도 모르는 학교 말이다.

이것은 우리의 삶에서 가장 큰 아이러니였다. 사유지의 영광과 PN 학교의 마법은 주석에서 나온 돈 때문에 가능했다. 우리 조국의 땅에 구멍을 내서 파낸 돈 말이다. 네부카드네자르(Nebuchadnezzar) 왕이 건설한 바빌론의 공중정원처럼, 사유지는 식민지를 확장하려는 사악한 꿈을 지속하기 위해 건설한 벨리퉁의 역사적인 랜드마크였다. 그것의 목표는 소수의 사람들에게 다수의 사람들을 억압할 수 있는 힘을 주는 것이었다. 소수의 사람들을 교육시키기 위한 것이었고 다수의 사람들을 길들이기 위한 것이었다. 우러러 받들어지는 신은 바로 신분이었다. 가난한 토착 원주민들에 대한 부당한 대우로 세운 신분 말이다.

권리 없는 사람들

  누군가 멀리서 본다면, 확실히 우리 마을은 이 세상에서 가장 부자 마을처럼 보일 것이다. 섬 전체에 고루 퍼져 있는 광산의 양은 상상할 수조차 없을 정도였고, 수조에 이르는 루피아[6]가 이곳에 투자되었다. 『피리 부는 사나이』의 플루트 멜로디에 이끌린 쥐처럼, 수십 억 달러가 흘러들어왔다. 하지만, 자세히 들여다보면 섬의 부는 유독 한 곳에 집중되어 있었다. 다시 말해, 사유지의 견고한 벽 안에 차곡차곡 쌓여 있었다.

  이 요새와도 같은 벽에서 엎어지면 코 닿을 곳에 실로 정반대의 광경이 펼쳐졌다. 수컷 공작 옆에 앉아 있는 토종닭 같다고나

---

[6] 인도네시아의 화폐 단위.

할까. 그곳에 토착 벨리퉁-말레이인들이 살고 있었는데, 자식이 여덟 명만 아니었다면 그렇게 괴롭지는 않았을 것이다. 이들은 자신들에게 오락거리를 충분히 제공하지 않았다고 정부를 비난했다. 그래서 밤에, 아이를 만드는 것 말고는 아무것도 할 일이 없었다.

우리 마을을 슬럼이라고 부르는 것은 과장이다. 하지만 산업 혁명의 시작 이후 끊임없는 쇠락으로 인해 그늘이 드리운 노동자들의 마을이라고 하는 것은 틀린 말이 아닐 것이다. 벨리퉁 섬은 네덜란드가 인도네시아에서 장악한 최초의 장소로, 7대째 억압받아왔다. 그러다 갑작스럽게 그리고 눈 깜짝할 사이에, 수백 년 동안의 불행한 가뭄이 하룻밤 사이에 비에 흠뻑 젖었다. 그런데 그것은 고통스러운 비였다. 즉, 일본인들이 몰려왔던 것이다. 내 아버지는 그 폭풍을 생생하게 기억하고 있었다.

"이칼, 군인들이 이곳을 지옥으로 바꾸어놓았단다. 총검에서 결코 손을 떼지 않아."

아버지의 순진한 눈은 자신의 위엄이 상처 입고, 자신의 땅이 약탈당한 비통함을 고스란히 드러냈다.

350년 동안 지배하고 난 뒤, 네덜란드인들이 말했다.

"안녕히 계십시오."

그리고 일본인들이 외쳤다.

"사요나라."

불행히도, 그것은 우리 벨리퉁 원주민들에게는 행복한 결말이 아니었다. 우리는 또 다른 방식의 점령을 당해야 했으니까. 우리 땅은 또 한 번 지배를 받았다. 보다 **문명화된** 방식으로. 우리는 자유로워졌다. 하지만 아직까지 자유롭지는 못하다.

우리 집 마당에서는 사유지의 벽이 보인다.

우리 집 마당에는 관목, 어저귀, 히비스커스가 웃자라 있었는데, 그냥 그저 그랬다. 우리 집 울타리는 시커먼 물과 모기가 득실득실한 도랑의 귀퉁이 위로 기울어져 있었는데, 이것 역시 그냥 그저 그랬다.

기둥을 높이 받쳐 둥글게 지은 낡아빠진 우리 집은 경찰서, PN 창고, 중국 사원, 마을회관, 종교시설, 선창 일꾼들의 공동침실, 선원 막사, 배수탑, 중국-말레이 상점, 수십 개의 전통적인 동네 찻집, 그리고 언제나 방문객들로 넘쳐나는 전당포와 같은 동네에 처박혀 있었다. 마을 끝 구석에는 사왕족의 기다란 주택이 처박혀 있었다.

나머지는 정부 사무실로, 아무 생각 없이 그냥 지은 것이었다. 그러다 결국 방치되거나, 안 그러면 합법적이고 이슬람 율법에 합치되는 공공적인 프로젝트를 위해 사용했다. 그런데 이 '공공적'이라는 단어는 나랏돈을 강도질하는 걸 정당화할 때 자주 사용되곤 했다.

중국-말레이인은 아주 오랫동안 이 섬에 살아왔다. 원래 이들은 네덜란드인이 벨리퉁으로 강제로 끌고 와서 이곳의 주석 노동자가 되었다. 중국계의 이 다부진 종족 공동체는 손으로 주석을 채굴하는 독자적인 기술을 개발했다. 이런 기술과 관련한 용어는 말레이 주석 채굴자들이 사용하는 말에 그대로 남아 있다.

말레이인으로 말하자면, 이들은 꼭두각시처럼 살았다. 소수의 아주 막강한 주인의 통제를 받았다. 매일 아침 일곱 시, 사이렌이 정적을 깬다. 사이렌 소리는 PN 중앙 사무실에서 귀청을 찢을 듯 흘러나온다. 즉각, PN 일꾼들은 분주히 움직이며 마을의 사방팔방에서 나타나 길가에 한 줄로 늘어섰다가, 자신들을 준설기로 데려갈 트럭 뒷자리에 꾸역꾸역 뛰어올라 자리를 잡는다.

그러고 나면 마을은 다시 정적에 휩싸인다. 하지만 잠시 뒤, 여자들이 양념 빻는 일을 시작하며 오케스트라가 등장한다. 나무분쇄기(막자사발)에 빻는 절굿공이 소리가 끊임없이 울려 퍼진다. 하나의 기둥으로 받쳐 높이 올린 집에서부터 다른 집으로. 시계가 다섯 시를 치면, 사이렌이 다시 울려 퍼진다. 일꾼들은 흩어져 집으로 들어간다. 마치 이글거리는 개미탑에서 뿔뿔이 흩어져

달아나는 개미들처럼. 이렇게 수백 년 동안 이어져왔다.

사유지와는 달리, PN 일꾼들은 식사시간에 모차르트의 교향곡 제35번 〈하프너〉를 듣지 않았다. 식사에는 늘 언쟁이 따라다녔는데, 남편들은 음식 타박을 놓았다. 아침, 점심, 저녁으로 언제나 싸구려 생선이 올라왔기 때문이었다. 남편들이 이렇게 반찬 투정을 하면 부인들은 신경질적인 목소리로 맞받아쳤다.

"나도 사유지에 사는 여편네나 될걸. 당신이 무슨 사유지 사람이라고! 생선도 감지덕지야!"

저녁 밥상에서의 끔찍한 싸움 한가운데로, 잔잔한 배경음악이 완벽한 앙상블을 이루었다. 울타리의 널빤지처럼 깔끔하게 줄지어서 흐느껴 우는 듯한 아이들의 읊조림. 부모들에게 새 스카우트 유니폼을 사달라고 떼쓰는 소리였다.

벨리퉁 섬의 경제적 부는 사유지에 사는 스태프들이 지배했다. 주석개발의 면허를 받은 사업가들은 자카르타에 살고, 뇌물을 받는 공모자는 다름 아닌 정치인들이었다. 하지만 우리는 이 사람들이 누구인지, 혹은 어디에 살고 있는지 제대로 알지 못했다. 이들은 가장 특권적인 계급으로 가장 높은 왕좌에 앉아 피둥피둥 잘 먹고 잘살았다. 이들은 우리 섬의 부(富) 덕분에 가장 큰 수혜를 받는 자들이었다. 사업가들과 정치인들은 가끔씩 벨리퉁을 방문해 어마어마한 규모의 주석개발 현장을 살펴보았다. 주석개발은 섬의 환경을 파괴하고 있었다. 하지만 이들의 얼굴 표정을 보면 분명 우리의 존재를 잊고 있는 게 틀림없다는 생각이 들었다.

중산층이란 존재하지 않았다. 어쩌면 존재했을지도 모른다. 소규모의 부패에 관여했던 공무원들 혹은 사업가들을 협박해서 따로 돈을 뜯어내는 법률 관리들이 바로 중산층이었을 것이다.

가장 천한 계급은 우리 부모, 즉 PN 일꾼이었다. PN은 우리 부모들에게 한 달에 3만 루피아를 주었다. 당시 미국 달러는 1달러당 2,500루피아였으니까, 한 달 동안 일하고 12달러를 받은 셈이었다. 거기에 쌀 50킬로그램 정도를 받았다.

선택의 여지가 없었다. 그 액수는 부인과 적어도 일곱 명의 자녀들을 부양하기에 충분해야 했다. 하지만, 걱정 마시라. 분명 최후의 심판일이 도래하는 것처럼, 일꾼들은 아주 인간적인(?) 메시지에 따라 일 년마다 임금 인상을 받았으니까.

이번 임금 인상으로, 우리 회사는 당신의 근면에 감사를 표합니다. 그리고 회사의 위상을 높여준 데 사의를 표합니다.

매해 800루피아.(미국 달러로 약 80센트에 해당한다.) 일 년에 한 번씩 말이다!

만약 어떤 일꾼이 은퇴에 이르기 전에 35,000루피아 이상의 임금을 받았다면, 그건 홍해를 갈라놓은 모세의 기적과 비교될 정도의 기적이었다. 그것을 달성할 수 있는 방법은 오직 신과 모세만이 알고 있다. 이들이 받는 임금의 쓰라린 현실은 오직 한 가지만을 의미했다. 즉, 일꾼의 생활계획에서 아이의 교육을 위한 여유가 전혀 없다는 것이었다. 그리고 이것만으로 부모를 낙담시키기에 충분하지 않다면, PN의 교육적인 차별이 자식을 학교에 보내야겠다는 생각을 무참히 짓밟아버렸다.

우리 아버지는 우리 가족이 운이 좋다고 말했다.

말레이인들의 한 가지 특이한 자질은 환경이 제아무리 힘들어도, 언제나 스스로를 행운아라고 생각한다는 것이다. 이것은 종교의 힘이다.

내가 처음으로 학교에 가기 며칠 전에 아버지가 했던 말이 기억난다.

"아들, 팍 하르판 교장선생님과 부 무스 선생님 같은 무하마디아 선생님들, 어부, 석유 노동자, 코코넛 노동자, 댐 관리인들은 아주 가난한 환경에서 살고 있단다. 넌 우리의 삶에 대해 신께 감사드려야 해."

그때 나는 부 무스 선생님의 이름을 처음 들었다.

그러고 나서 우리 아버지는 학교에 새로 온 부 무스 여선생님이 마을 아이들이 제대로 교육받을 수 있도록 열심히 가르치고 싶어 한다고 말했다.

바로 그때가 부 무스 선생님을 내 가슴속의 영웅으로 받아들인 첫 번째 순간이었다.

사하라, 나, 쿠카이, 트라파니, 하룬, 그리고 마하르는 PN 노동자의 자식들이었다. 린탕은 어부의 아들이었고, 보렉은 댐 관리인의 아들이었다. 사흐단은 선박 수리공의 아들이었으며, 아 키옹은 중국인 농사꾼의 아들이었다.

사하라, 나, 쿠카이, 트라파니, 하룬, 마하르의 가족이 가난의 줄넘기 줄이라면, 린탕, 보렉, 사흐단, 아 키옹의 가족은 줄넘기를 했다. 이들은 바람이 잦아들면 조개잡이와 고무나무 수액 채취로 상당한 이익을 거두어들여 줄넘기 줄 위로 올라서서 우리보다 조금 더 돈을 번다. 하지만 오랫동안의 우기 동안, 이들은 가난의 줄넘기 줄 아래에 있었다. 섬에 살고 있는 가난한 사람들 중에서도 가장 가난한 사람으로서 근근이 살아갔다.

우리의 가난에도 차이가 있지만, 우리보다 훨씬 더 가난한 사람이 있었다. 그런데 바로 그 사람이 우리 선생님이 되고자 했다. 난 아버지가 말한 그 어린 소녀를 빨리 만나보고 싶었다.

운명은 빙빙 돌고, 숙명은 방해받는 법. 하룬이 학교에 합류한 덕분에, 내가 남몰래 감탄했던 자그마한 소녀는 교실 앞에 서서 우리에게 자신을 소개할 수 있었다. 개학 첫날, 그 소녀는 약간 쭈뼛거렸는데, 그 이유는 그날이 자신이 선생으로서 아이들을 가르치는 첫 번째 날이었기 때문이었다.

"나를 부 무스라고 불러라."

그 소녀는 마치 이 말을 하기 위해 평생을 기다려오기라도 한 것처럼 자랑스럽게 말했다.

부 무스 선생님은 이제 막 직업여자학교를 졸업했다. 이 학교는 고등학교와 같은 수준이었지만 사범학교는 아니었다. 그렇다고 해서 젊은 여성들이 현모양처가 되기 위해 요리법, 자수, 바느질을 배우는 그런 학교도 아니었다. 부 무스 선생님은 섭정 관할구 수도인 탄중판단에 있는 직업여자학교를 졸업하자마자 PN으로부터 쌀 저장고 수석비서 자리를 제안 받았다. 아주 전도유망한 자리였다. 게다가 선생님은 주인집 아들한테 프러포즈를 받기도 했다. 선생님의 동기생 친구들은 왜 부 무스 선생님이 이 두 가지 매력적인 제안을 거절했는지 도저히 이해할 수 없었다. 부 무스 선생님과 달리 친구들은 PN 행정직원이 되는 기회를 낚아챘다.

"난 선생님이 되고 싶어."

열다섯 살 소녀는 이렇게 말했다.

선생님은 이 말을 하며 잘난 체하지도, 즐거워하지도 않았다. 선생님은 나긋나긋 침착하게 말했다. 하지만 선생님이 이 말을 할 때 그곳에 있던 사람이라면 누구나 선생님의 한 마디 한 마디가 가슴속 깊은 곳에서 우러난 것임을 알 수 있었다. '선생님' 이라는 단어가 가슴속에서 끓어오르고 있다는 걸 알 수 있었다. 선생님은 교사라는 숭고한 직업을 훌륭하게 생각하고 있었다. 부 무스 선생님의 가슴속에는 거인이 잠자고 있었다. 그 거인은 학생들을 만나 깨어났다.

선생님이 되겠다는 결연한 선택은 나중에 부 무스 선생님을 예상치 못한 곤경에 처하게 했다. 어느 누구도 우리 학교 선생이 되고 싶어 하지 않았다. 봉급이 한 푼도 없었기 때문이었다. 가난한 사립학교에서, 특히 우리 마을에서 선생이 된다는 것은 돈 없는 직업을 갖는 것이었다. 제정신이 아닌 사람만이 할 수 있는 일이었다.

그래도 부 무스 선생님과 곽 하르판 교장선생님은 각자의 역할에 진심으로 최선을 다했다. 두 분이 전 과목을 가르쳤다. 낮에 교실에서 기운이 다 빠지도록 일하고 난 뒤, 부 무스 선생님은

6장 • 권리 없는 사람들

바느질 주문을 받아 푸드 커버에 레이스 장식하는 일을 했다. 밤 늦게까지 바느질을 했는데, 이것이 생계수단이었다.

매일매일, 끊임없이 우리 앞에 문제가 닥쳤다. 마을 사람들은 우리 학교가 구제불능이라고 야유를 퍼부었다. 우리 교육이 쓸데없는 짓이라고 했다. 사유지 사람들은 우리 학교를 조롱했다. 무하마디아를 *셀마트디야(Selamatdiyah)*로 바꾸어 불렀다. 그것은 이런 뜻이었다. 신이시여, 그 학교에 다니는 학생들에게 자비를 베푸소서. 부 무스 선생님은 어려운 상황에서도 우리의 자존심을 끌어올리려 애썼다. 우리의 자존심은 PN 학교의 거만함 때문에 주눅이 들어 있었다. 이것을 극복하기 위해, 부 무스 선생님은 자신의 졸업장을 유리 틀에 넣어 교실 벽에 걸어두었다. 로마이라마 포스터 바로 옆에. 아주 근사했다.

우리가 변치 않고 시달리는 문제 중 하나가 바로 돈 문제였다. 하도 돈이 없어서, 우리는 분필 살 돈도 없는 경우가 비일비재했다. 분필이 똑 떨어질 때마다, 부 무스 선생님은 우리를 밖으로 데리고 나가 땅바닥을 칠판 대용으로 활용했다. 그러나 예상과는 달리 이 모든 시련은 부 무스 선생님을 강인하게 단련시켰다. 사실, 카리스마 넘쳤다고 하는 게 맞다.

"제시간에 기도해라, 그러면 나중에 너희들이 받을 복이 많아질 거야."

선생님이 조언해주었다.

이 말은 신성한 코란에 영감을 받아, 수백 명의 설교자들이 사원에서 수백 번 했던 말이다. 그런데 웬일인지, 부 무스 선생님이 이 말을 할 때는 달리 들렸다. 훨씬 더 설득력이 있었고, 우리 마음에 깊이 울려 퍼졌다. 우리는 기도시간에 늦을 때마다 양심의 가책을 느꼈다.

한번은, 빗물이 새는 학교 지붕 때문에 아이들이 징징 우는 소리를 냈다. 부 무스 선생님은 우리의 불평을 귀담아듣지 않았다. 대신 네덜란드어로 된 책을 꺼내 그 안, 한 쪽에 있는 사진을 우리에게 보여주었다. 그 사진에는 좁다란 방이 있었는데, 음침한 벽에 싸여 있었다. 벽은 높고, 어둡고, 창살로 덮여 있었다. 답답하고 폭력으로 가득 찬 곳이었다.

"여기는 반둥 감옥에 있는 수카르노의 독방이었어. 수카르노는 여기서 복역했지. 하지만 수카르노는 매일 공부했어. 그리고 항상 책을 읽었지. 수카르노는 우리 초대 대통령이야. 우리 국가에서 배출한 가장 똑똑한 사람 중 한 명이었단다."

부 무스 선생님은 이야기를 그렇게 끝맺었다.

우리는 그 이야기에 깜짝 놀라, 이내 불평이 잠잠해졌다. 그 순간부터 줄곧, 우리는 결코 우리 학교의 상황을 두고 우는 소리를 하지 않았다. 언젠가, 비가 아주 많이 내리던 날이었다. 천둥이 연신 내리쳤다. 하늘에서 교실로 빗물이 뚝뚝 떨어져 내렸다. 하지만 우리는 꼼짝하지 않았다. 우리는 선생님이 수업을 멈추는 게 싫었다. 선생님도 그걸 원하지 않았다. 우리는 우산을 든 채 공부를 했고 선생님은 바나나 잎으로 머리를 덮었다. 그날은 내 평생 가장 장엄한 날이었다. 그 이후로 네 달 동안 비가 끊임없이 내렸다. 하지만 우리는 한 번도 학교를 빼먹지 않았다. 단 한 번도. 게다가 우리는 불평하지도 않았다. 전혀.

우리에게 부 무스 선생님과 곽 하르판 교장선생님은 진정한 애국자였다. 명예 메달은 없었지만 그분들은 우리의 선생님이자, 친구이자, 정신적인 안내자였다. 그분들은 우리에게 대나무로 장난감 집을 만드는 법을 가르쳐주었다. 우리에게 기도 전 청결하게 하는 방법을 손수 보여주었다. 침대에 들기 전에 기도하는 걸 가르쳐주었다. 바람 빠진 우리 자전거에 바람을 넣어주었다. 우리가 뱀에 물리면 다리에서 독을 빨아주었다. 그리고 이따금씩 우리에게 맨손으로 오렌지 주스를 만들어주었다. 그분들은 우리의 숨은 영웅이었다. 친절한 왕자와 공주였다. 버림받고 메마른 땅에 있는 지식의 순수한 우물이었다.

란탕의 첫 번째 약속

필리시움은 흔히 식물학자들이 새들을 끌어들이려 심는다. 그 풍성한 잎은 항상 푸르다. 알록달록한 자그마한 앵무새들이 그 나무에 자주 찾아든다. 우리 필리시움 나무를 공격하기에 앞서, 이 귀여운 초록빛 새들은 먼저 우리 학교 뒤에 있는 키 큰 가니트리 나무의 가지 위에서 주변을 염탐한다. 경쟁자나 적이 있는지 없는지 정찰하는 것이다. 그리고 나서 이 걸신들린 새들은 빛의 속도로 몸을 아래로 날려 칼날처럼 날카로운 부리로 필리시움의 자그마한 열매를 약탈한다. 열매를 쪼아 먹는 내내, 대가리를 이리저리 끊임없이 돌려댄다. 세 번째 도덕적 교훈. 화려한 옷을 입으면, 절대 평화롭게 살지 못할 것이다.

자그마한 앵무새의 뒤를 이어 한 무리의 *잘락 크루바우* 새가 날아든다. 그 새들의 외모는 누구의 관심도 끌지 못하기에, 전혀 긴장하지 않는다. 이 새들에게는 포식자가 없다. 인간도 예외가 아니었다. 이 새들은 자그마한 앵무새가 먹다 남긴 과일을 아무렇게나 먹어치웠다. 그러고 나서 제멋대로 똥을 싸댔다. 입 안 가득 먹이를 머금고서도 똥을 쌌다. 음식으로 속을 든든히 채워 배가 빵빵해진 자그마한 새들은 하릴없이 이리저리 왔다 갔다 한다.

오후가 다가오면, 회색 재봉새 몇 마리가 필리시움 나뭇가지 위에 조용히 앉는다. 얌전하고 아름답다. 나무 위에서 기어 다니는 애벌레를 쪼아대는데, 자그마한 앵무새에 비해서는 덜 게걸스럽게 먹어댄다. 그러고 나서 올 때 그랬던 것처럼 소리 소문 없이 조용히 다시 날아가버린다.

이 새들처럼, 우리의 일상도 필리시움 나무 근처를 맴돌았다. 필리시움 나무는 우리 어린 시절의 생생한 목격자였다. 우리는 필리시움 나뭇가지 위에 나무집을 짓고, 나뭇잎 뒤에서 숨바꼭질을 했다. 줄기에는 우정이 영원하리라는 약속을 새겨 넣었다. 툭 튀어나온 뿌리 위에 빙 둘러 앉아 부 무스 선생님이 들려주는 로빈 후드 이야기를 귀담아듣곤 했다. 그리고 나뭇잎 그늘 아래에서 말 타기를 하고, 연극연습을 하고, 웃고, 울고, 노래 부르고, 공부하고, 싸움질도 했다.

우리에게 학교는 경이로운 곳이었다. 이따금 아이들이 학교 가는 걸 불평한다는 소리를 들었지만 나는 그런 불평을 이해할 수 없었다. 학교는 초라했지만, 우리는 매일매일 학교에 가고 싶어 안달이었다. 부 무스 선생님과 곽 하르판 교장선생님은 우리를 학교와 사랑에 빠지게 만들었다. 또 그 이상으로, 그분들은 우리가 지식과 사랑에 빠지게 만들었다. 학교수업이 끝나면, 우리는 집에 가는 게 싫어 투덜거렸다. 학교숙제를 10개 내주면, 우리는 20개를 내달라고 졸라댔다. 학교가 쉬는 일요일이 끝나갈 때, 우리는 빨리 월요일이 되었으면 하고 바랐다.

처음 일주일 내내, 우리는 책을 만져보지도 못했다.

부 무스 선생님과 곽 하르판 교장선생님은 하루 종일 이야기를 들려주었다. 우리는 몇 시간 내내 먼 나라 땅의 마법과도 같은 이야기에 푹 빠졌다. 이야기 속에는 삶의 투쟁과 지혜가 있었다. 『아라비안 나이트』의 교훈처럼 말이다. 그분들은 우리의 가슴을 울려 공감하게끔 했다.

그리고 나서 둘째 주 첫날.

나는 일찍 학교에 갔다. 부 무스 선생님과 곽 하르판 교장선생님을 얼른 보고 싶었다. 교실 문을 열자마자 나는 깜짝 놀랐다.

구석 저쪽에 꾸벅꾸벅 졸고 있는 소 한 마리가 있고, 반대쪽 구석에 린탕이 조용히 앉아 있었다. 린탕은 집이 가장 멀었지만, 언제나 제일 먼저 학교에 왔다.

그 행복한 날, 〈신념의 여섯 개 기둥〉(이것은 아주 멋진 노래인데, 불행하게도 작가 미상이다.)을 노래하며 연습한 뒤, 부 무스 선생님이 우리에게 A, B, C, D, E를 가르쳤다. 우리는 신나게 따라했다.

다음 주, 우리는 알파벳 처음 일곱 개 글자 쓰기를 찬찬히 배웠다. A부터 G까지.

"일주일에 일곱 글자씩."

선생님이 말했다.

"한 달이면, 너희들은 알파벳을 전부 다 알게 될 거야. 그러고 나서, 쓰기를 배울 거다!"

셋째 주, 나는 엄청나게 기뻤는데, 그 이유는 내가 새롭고도 기괴한 문자들을 발견했기 때문이다. 예를 들어, O, Q, V. 나는 이런 새로운 단어를 인도네시아 문장에서만 보았다. 왜 사람들은 이처럼 자주 쓰지도 않는 단어를 만들었을까? 그건 우리 삶을 더욱 어렵게 만들기 위해서다. 한숨을 푹 쉬고 있는데 누가 내 곁에 앉아 손을 번쩍 들어 올렸다.

"선생님."

그 아이가 기를 쓰고 소리쳤다.

선생님이 고개를 들어 바라보았다.

"왜 그러니, 린탕?"

"학교에 온 첫날 주셨던 그 서류 주실 수 있으세요? 제가 채우고 싶어요."

선생님이 미소 지으며 말했다.

"조금 참아라, 린탕. 우리는 이제 막 알파벳을 배웠어. 나중에, 2학년 때, 쓰기를 배우고 나면 그때 채울 수 있을 거야."

바닷가 소년이 일어섰다.

"지금 하고 싶어요, 선생님. 아버지하고 약속했단 말이에요."

우리는 모두 깜짝 놀랐다. 선생님이 주저하며 말했다.

"네가 할 수 있다고?"

"할 수 있어요, 선생님."

린탕이 분명하게 대답했다.

린탕은 고집을 부렸지만 선생님은 미덥지 않은 표정이었다. 선생님은 책상 서랍을 열어 서류를 꺼내서는 린탕에게 가져갔다. 우리는 모두 벌떡 일어나 린탕 곁으로 우르르 몰려들었다.

선생님은 그 서류를 린탕의 책상 위에 올려놓았다. 린탕은 귀 뒤에 꽂았던 연필을 빼들고, 끝을 한 번 깨물고는 서류에 가져갔다. 선생님은 린탕의 가냘프고 지저분한 손가락이 한 자 한 자 써 내려가는 모습을 지켜보았다. 나는 선생님의 팔뚝에 소름이 돋는 것을 보았다. 린탕은 천천히 또박또박 t에 횡선을 긋고 i에 점을 찍었다. 서류의 이름 칸에. 그것도 필기체로 말이다!

학생 이름 : … *린탕 사무드라 바사라* …
부모 이름 : … *사흐바니 마울라나 바사라* …

우리는 그저 린탕을 멍하니 바라보았다. 린탕은 글을 쓸 줄 알았다. 그것도 아주 잘! 선생님은 경이로워했다. 선생님은 린탕을 그저 뚫어져라 바라볼 뿐이었다. 마치 린탕이 조개 속에 든 눈부시게 아름다운 진주라도 되는 것처럼. 잠시 뒤, 선생님의 입에서 부드러운 목소리가 흘러나왔다.

"세상에, 린탕. 어쩜 이럴 수가……."

린탕은 서류의 빈칸을 모두 채워 넣었다. 그리고 씩 웃으며 그것을 선생님한테 돌려주었다. 그날은 우리가 학교에 다닌 지 한 달도 되지 않은 날이었다. 린탕은 이미 자신의 약속을 지켰다. 자기 아버지의 위엄을 지켜주겠다는 약속을…….

정신병 No. 5

한 달 한 달이 지나 일 년이 흘렀다. 그리고 미처 알아차리기도 전, 우리는 십 대가 되어갔다. 가난한 우리 학교는 여전히 가난했지만, 점점 멋진 곳이 되어가고 있었다.

똑같은 시련과 고난을 통해 우리는 점차 형제자매처럼 자랐고, 서로의 버릇을 속속들이 알게 되었다.

사흐단. 사흐단은 몸집이 가장 작았지만 제일 많이 먹었다. 음식을 마다하는 걸 본 적이 없었다. 사흐단의 입은 맛을 모르는 것 같았다. 음식이란 음식은 죄다 먹어치웠으니까. 그렇게 먹고도 몸집이 그렇게 작은 게 정말 신기했다. 먹은 게 모두 어디로 갔단 말인가?

사흐단의 짝꿍, 정직한 아 키옹은 약간 의외였다. 아 키옹의 아버지는 유교사상을 성실하게 따랐는데, 자기 외아들을 왜 이슬람 학교에 보냈는지 그 이유를 도통 알 수가 없었다. 모르긴 몰라도 가난한 집안 형편 때문이리라.

그럼에도 불구하고, 누구든 아 키옹을 직접 보면 왜 그 아이가 이 가난한 학교에 오게 되었는지 이해할 수 있을 것이다. 사람들이 거부 반응을 보일 얼굴이었다. 꼭 프랑켄슈타인처럼 생겼다. 얼굴은 넓적한 사각형이고, 머리카락은 돼지 털처럼 뻣뻣했다. 눈은 칼날처럼 옆으로 쭉 찢어졌고, 눈썹은 거의 나지 않았다. 뻐드렁니에다, 그나마 있는 이도 엉망이었다. 그 얼굴을 한 번 보면 어떤 선생님이든 그 네모난 알루미늄 머릿속에 지식을 집어넣는 것이 얼마나 어려울까 생각하며 낙담할 거다.

놀랍게도, 깡통을 닮은 아 키옹의 머리는 지식을 재빨리 흡수했다. 하지만 아 키옹의 앞에 앉아 수업 중에 연신 꾸벅꾸벅 조는 서글서글하고 호감형의 얼굴에 똑똑해 보이는 소년은 사실 그리 똑똑하지 않았다. 그 아이 이름은 쿠카이였다.

쿠카이는 좀 불쌍했다. 어린 나이에 심각한 영양실조로 고생을 했다. 영양실조는 시력에도 상당한 영향을 미쳐서, 눈은 초점을 제대로 맞추지 못했다. 그래서 쿠카이가 말할 때, 본인은 자기가 대화하고 있는 상대방을 바라보고 있다고 생각하지만 실제로는 20도 정도 왼쪽으로 떨어진 곳을 응시하고 있었다.

기회주의적이고, 이기적이고, 약간은 거짓말쟁이인 데다, 모든 것을 아는 체하는 태도, 뻔뻔스러움과 인기 영합주의적인 성향이 뒤섞여, 쿠카이는 정치인의 필요조건을 모두 다 갖추었다. 때문에, 우리는 만장일치로 쿠카이를 반장으로 뽑았다.

반장이라는 자리는 썩 유쾌한 자리는 아니었다. 쿠카이는 우리를 조용히 시켜야 했지만, 정작 본인은 입을 다물 줄 몰랐다.

한번은 부 무스 선생님이 무하마디아 윤리시간에 예언자 마호메트의 사도 중 한 사람의 말을 인용했다.

"지도자가 되어 정해진 보수 말고 추가로 돈을 받는 건 사기와 마찬가지란다."

선생님은 인도네시아에서 널리 퍼져 있는 부패에 격분했다.

"새겨두도록 해라. 리더십은 분명 보상받거나 벌을 받을 테니까."

학생들은 전부 깜짝 놀랐다. 쿠카이는 눈에 띄게 몸을 부르르 떨었다. 죽은 뒤 반장으로서 자신이 했던 행동을 책임져야 한다는 게 걱정이 된 모양이었다. 쿠카이가 자기 반 아이들을 챙기는 걸 싫어하고 있다는 사실은 두말하면 잔소리였다. 쿠카이는 더 이상 참을 수가 없었다. 벌떡 일어나 날카로운 목소리로 말했다.

"선생님, 선생님은 아셔야 해요. 이 일꾼 자식들은 도저히 통제할 수 없다고요! 보렉은 정신병자처럼 군단 말이에요. 사하라와 아 키옹은 연신 싸워대죠. 골치가 아플 지경이에요. 하룬은 잠만 자고요. 그리고 이칼은, 세상에, 선생님, 저 녀석은 사탄이 보낸 놈이라니까요!"

쿠카이는 인도네시아 정치인들보다 한 수 위였다. 정치인들은 등 뒤에서 다른 사람들의 이름을 더럽혔지만 쿠카이는 우리 앞에서 대놓고 우리 이름을 더럽혔다.

"저 반장 안 할래요. 반장 새로 뽑아 주세요!"

쿠카이가 흥분해 말했다. 그동안 쌓였던 좌절과 욕구불만이 폭발했다. 계속 씩씩거리느라 숨 쉬기도 버거운 듯했다. 쿠카이는 선생님을 똑바로 쳐다보았지만, 시선은 로마 이라마의 **돈벼락** 포스터를 향했다.

부 무스 선생님은 충격을 받았다. 학생이 무언가에 대해 이처럼 직접적으로 대든 적이 한 번도 없었으니 그럴 만도 했다. 선생님은 잠시 생각에 잠기더니 평정을 되찾으려 애썼다. 선생님은 쪽지에 새로운 반장의 이름을 적어 반으로 접어 내라고 우리에게 말했다.

"민주주의 원칙에 따라, 투표는 너희의 권리다. 그리고 너희의 선택은 비밀이어야 해."

쿠카이는 씩 웃었다. 정의가 살아 있다고 믿었다. 반장이 되지 않겠다는 바람 이후에, 그의 고통은 마침내 종언을 고하게 되었으니까.

우리는 종잇조각을 접어 선생님에게 주었다. 투표 내내 긴장감이 감돌았다. 우리는 신경을 곤두세우며 결과를 기다렸다. 누가 우리의 새로운 반장이 될까? 부 무스 선생님은 첫 번째 쪽지를 펼치고는 그 안에 적힌 이름을 읽었다.

"보렉!"

선생님이 소리쳤다.

보렉의 얼굴빛이 새하얘지고, 쿠카이는 즐거운 듯 껑충거렸다. 쿠카이가 보렉의 이름을 적어낸 게 분명했다.

"두 번째는, 쿠카이!"

선생님이 말했다.

이번에는 보렉이 껑충거렸고, 쿠카이의 얼굴빛이 변했다.

"세 번째는, 쿠카이!"

쿠카이가 씁쓰름한 미소를 지어보였다.

"네 번째는, 쿠카이!"

"다섯 번째는, 쿠카이!"

그렇게 아홉 번째 쪽지까지 이어졌다.

쿠카이는 미칠 것 같았다. 보렉에게 짜증을 부렸지만 보렉은 웃음을 참으려 몸을 이리저리 흔들고 있었다. 쿠카이는 보렉을 노려보려 했지만, 꼭 트라파니를 노려보는 것 같았다.

쪽지는 아홉 장뿐이었다. 하룬은 쓸 줄 몰랐으니까. 하지만 선생님은 여전히 하룬의 정치적 권리를 존중해주었다. 선생님은 하룬에게 눈길을 돌렸다. 하룬은 자신의 트레이드마크 같은 미소를 지어보이며, 길고 누런 이를 드러내며 큰 소리로 외쳤다.

"쿠카이!"

쿠카이는 패배를 시인하며 맥없이 어깨를 늘어뜨렸다.

저 멀리 구석에 앉아 있는 사람은 우리의 왕자 트라파니다. 트라파니는 멋진 녀석이었다. 우리 반의 마스코트이자 완벽주의자였다. 잘생긴 얼굴에, 여자들이 한눈에 사랑에 빠지는 그런 타입이었다. 머리, 바지, 벨트, 양말, 깨끗한 신발은 언제나 흠잡을 데도, 나무랄 데도 없었다. 냄새마저 향긋했다. 심지어 셔츠에 단추도 모두 붙어 있었다.

트라파니는 말을 많이 하지 않았다. 필요한 말만 했다. 말할 때는 적절한 말만 골라 했다. 매너도 좋고, 보이스카우트 맹세의 모델인 전도유망한 어린 시민이었다. 트라파니의 꿈은 선생님이 되어 외딴 곳에서 학생들을 가르치는 것이었다. 그래서 농촌지대 말레이인들의 교육과 삶의 질을 향상시키는 데 일조하고자 했다. 진짜 숭고한 열망이었다. 트라파니의 삶은 수타르마스가 부른 문맹과 싸우는 노래 〈와집 블라자르(의무교육)〉에 영감을 받은 듯했다.

트라파니는 자기 엄마와 아주 친했다. 자기 엄마와 관련된 것 이외에는 어떤 논의에도 흥미가 없었다. 육남매 중 외아들이라 그랬을지도 모른다.

우리 반에서 유일한 여학생 사하라는 자그마한 앵무새를 닮았다. 단호하고 솔직했다. 사하라를 설득하는 건 어려웠고, 또 감동을 주기도 쉽지 않았다. 사하라는 무엇보다 정직했다. 거짓말을 할 줄 몰랐다. 훨훨 타는 불바다에서 판자 위를 걷는다 해도, 거짓말을 해야 목숨을 건질 수 있다 해도, 사하라의 입에서는 거짓말 한 마디 나오지 않을 것이다.

사하라와 아 키옹은 원수지간이었다. 둘은 엄청 싸워댔는데, 그러다가 화해하고 또 싸우고 그랬다. 서로 다투는 게 숙명인 것 같았다. 언젠가, 트라파니가 부야 함카(Buya Hamka)의 전설적인 문학작품『반 데르 위직의 침몰』에 대해 이야기한 적이 있었다.

"나도 그 책 읽어봤어. 나는 별로야. 인명하고 지명이 되게 많이 나오더라. 그걸 다 어떻게 기억해?"

아 키옹이 거드름을 피우며 말했다.

훌륭한 문학의 진가를 진정으로 인정하고 있던 사하라는 기분이 상해 고함쳤다.

"세상에! 그 훌륭한 문학작품을 어떻게 그렇게 말할 수 있니, 아 키옹? 만약 부야 함카가 『오이를 훔친 나쁜 꼬마 녀석』이라는 책을 쓴다면, 그게 네 문학적인 취향에 딱 들어맞을지도 모르겠군!"

우리는 깔깔 웃음을 터트렸다. 너무 우스워 배꼽을 잡고 땅바닥을 데굴데굴 구르기도 했다.

반면, 사하라는 하룬에게는 퍽 부드러웠다.

하룬은 행실이 바르고 조용하고 편안한 웃음을 보였지만, 수업을 제대로 이해하지 못했다. 오늘날의 사람들은 그것을 다운증후군이라고 부른다. 부 무스 선생님이 가르칠 때면, 하룬은 그저 헤죽거리며 조용히 앉아 있기만 했다.

매 시간마다, 우리가 무엇을 공부하든, 하룬은 손을 번쩍 들어 올리며 똑같은 질문을 하곤 했다. 일 년 내내. 해마다.

"선생님, 쉬는 시간이 언제예요?"

"곧, 하룬, 조금만 있으면 돼."

부 무스 선생님이 부드럽게 대답했다. 매번, 수천 번, 일 년 내내, 해마다. 그러면 하룬은 손뼉을 쳤다.

오후 휴식시간, 사하라와 하룬은 늘 필리시움 나무 아래에 함께 앉아 있었다. 둘은 쥐와 코끼리의 기발한 우정처럼 독특한 감정적인 연대를 보였다. 하룬은 자신의 세 줄 무늬 고양이에 대해 열심히 이야기를 들려주었다. 고양이가 그 달 3일에 새끼고양이 세 마리를 낳았는데, 새끼들도 세 줄 무늬였단다. 사하라는 끈기 있게 귀담아들었다. 비록 하룬이 이 이야기를 매일 했지만 말이다. 계속해서. 수천 번, 일 년 내내, 해마다.

3이라는 숫자는 사실 하룬에게는 신성한 숫자였다. 모든 것을 3이라는 숫자와 연관 지었다. 하룬은 부 무스 선생님에게 3이라는 숫자를 어떻게 쓰는지 가르쳐달라고 했다. 그리고 열심히 공부한 3년 뒤, 하룬은 마침내 3이라는 숫자를 쓸 수 있었다. 교과서 표지마다 큼지막하게, 각양각색의 멋진 '3'이 적혀 있었다. 하룬은 3이라는 숫자에 푹 빠졌다. 하룬은 때로 셔츠 단추를 뜯어버리고는 세 개만 남겨두었다. 양말도 세 개를 겹쳐 신었다. 세 가지 종류의 가방이 있었고, 가방에는 언제나 간장병 세 개를 갖고 다녔다. 심지어 빗도 세 개 있었다. 우리가 하룬에게 왜 3이라는 숫자가 그렇게 좋은지 물어보면, 하룬은 잠시 생각에 잠겼다가 종교적인 조언을 해주는 마을어른처럼 아주 현명하게 대답했다. 하룬은 아는 체하며 이렇게 대답했다.

"친구들, 신은 홀수를 좋아한다고."

나는 하룬의 얼굴을 훑어보며, 머릿속에 도대체 무슨 생각이

들어 있는지 궁금했다. 그럴 때마다 하룬은 미소 지었다. 하룬은 자기가 우리 중 나이가 가장 많다는 걸 알았다. 그래서 가끔 마치 우리가 자기 남동생이나 여동생이라도 되는 것처럼 우리를 조심스럽게 다루었다. 하룬의 행동이 아주 감동적일 때가 있었다. 언젠가 하룬은 뜻밖에 커다란 꾸러미를 학교에 가져왔다. 그러고는 우리 각자에게 삶은 칼라디움 덩이줄기를 나누어주었다. 하룬은 자기 것으로 세 개를 챙겼다. 표정은 아주 어른스러웠지만, 사실 어른의 몸에 갇혀 있는 아이일 뿐이었다.

다음에 소개할 소년은, 빛나는 갑옷을 입은 우리의 명예로운 기사, 바로 보렉이었다.

처음에, 보렉은 단지 평범한 학생에 불과했다. 별로 유별나게 굴지 않았다. 하지만 아라비아 반도 어딘가에서 흘러들어온 낡은 발모제와의 우연한 만남이 그의 삶을 완전히 바꾸어버렸다.

그 발모제병 위에는 한 남자의 사진이 있었다. 그 남자는 붉은 속옷을 입었는데, 키가 크고 강인한 몸매를 지녔으며, 고릴라처럼 털이 복슬복슬했다.

그때부터 줄곧, 보렉은 근육을 키우는 것 말고는 아무것에도 관심이 없었다. 끊임없는 노력과 훈련 덕분에 보렉은 결국 성공해 삼손이라는 별명을 얻었다. 삼손은 보렉이 자랑스럽게 여기는 고귀한 이름이었다.

정말 기괴했다. 하지만 적어도 삼손은 어린 나이에 자기 자신을 발견했다. 그리고 나중에 자신이 무엇이 되기를 원하는지 정확히 알았다. 자신의 목표에 다다르기 위해 끈질기게 노력했다. 더 나이가 들기 전까지 스스로에 대해 의심을 품는 정체성 추구의 국면을 용케 건너뛰었다. 자기 자신의 정체성을 절대 찾지 못하는, 그래서 다른 누군가로 살아가는 사람도 많다. 삼손은 적어도 그런 사람들보다는 훨씬 나았다.

삼손은 보디빌딩에 푹 빠졌다. '남자다운 남자'의 이미지에 열광했다. 어느 날, 삼손이 나를 꾀어냈다. 나는 호기심이 일었다. 나는 삼손이 가슴 근육을 키우는 비결을 어떻게 알아냈는지 궁금했다.

"딴 사람한테 말하지 마!"

삼손은 조심스레 주위를 둘러보며 속삭였다. 그러더니 내 손을 잡아끌고 학교 뒤 버려진 창고로 달려갔다. 삼손은 자기 가방 안에서 반 쪼개진 테니스공을 꺼냈다.

"나처럼 빵빵한 가슴을 갖고 싶다면, 이게 비결이야!"

그곳에 아무도 없는 게 분명했지만 삼손은 한 번 더 속삭였다. 나는 반쪽짜리 공 두 개를 신기한 듯 바라보았다. 그리고 혼자 생각했다.

분명 놀라운 몸의 비결은 이 테니스공일 거야! 이건 정말 엄청 난 발견인걸.

"셔츠 벗어!"

삼손이 명령했다.

나한테 뭐하려는 걸까?

"너를 진짜 사나이로 만들어줄게!"

삼손은 왜 모든 사람들이 이 방법을 사용하지 않는지 알 수 없다는 표정을 하고 있었다. 완벽한 외모를 가질 수 있는 지름길이 있는데도 말이다.

나는 머뭇거렸다. 하지만 선택의 여지가 없었다. 나는 셔츠 단추를 풀었다.

"빨리!"

갑작스레, 삼손이 반쪽짜리 테니스공을 내 가슴에 대고 힘껏 눌렀다. 나는 뒤로 비틀거렸다. 쓰러질 뻔했다. 나는 깜짝 놀랐다. 뭘 어찌할 도리가 없었다. 등이 나무판자에 닿았다. 설상가상, 삼손은 나보다 훨씬 더 컸다. 일꾼처럼 힘도 셌다. 나는 거기서 빠져나오려고 안간힘을 썼다.

그때 나는 반쪽짜리 테니스공은 사람들이 변기를 뚫을 때 사용하는 나무 손잡이와 고무 컵이 달린 기괴한 물건과 같은 역할을 한다는 걸 깨달았다. 삼손의 미친 듯한 손 안에서, 이 테니스공 반쪽은 가슴근육을 펌프질하는 도구 역할을 했다. 순식간에 나는 삼손의 강인한 손아귀 안에서 테니스공 반쪽의 강력한 흡입력으로 고문당하고 있었다.

저주받은 테니스공 반쪽 때문에 내 가슴, 간, 폐, 비장, 혈액, 그리고 위장 안의 내용물들이 모조리 내 몸에서 뽑아져 나오는 느낌이었다. 눈알이 튀어나올 것 같았다. 목이 메었다. 말이 나오지 않았다. 나는 삼손에게 그만하라고 손짓했다.

"아직 안 돼. 이름과 부모를 먼저 세야 해. 그러고 나면 효과가 나타날 거야!"

이름과 부모를 세라고? 이런! 빌어먹을!

이름과 부모를 세는 것은 우리가 만들어낸 놀이다. 주어진 시간 안에 우리 반 아이들과 부모들의 성과 이름을 말하는 것인데 예를 들면 이렇다. 트라파니 이흐산 자마리 누르시딕, 자이누딘 일함 자마리 누르시딕의 아들. 하룬 아르딜리 라마디한 하사니 부르한, 시암술 하자나 라마디한 하사니 부르한의 아들……. 나는 도저히 참을 수 없었다. 나의 삶이 온통 빨려나가려 하고 있었다. 그 모든 시간. 이름과 부모를 세는 데 걸리는 시간. 말레이 이름은 결코 짧지 않다!

삼손은 개의치 않았다. 나는 그물에 걸린 물고기였다. 숨이 가

빠왔다. 테니스공 반쪽이 빨아들이는 게 꼭 벌이 쏘는 것 같았다. 내 몸이 쪼그라드는 느낌이었다. 내 다리는 절망적으로 마구 흔들렸다. 이 고통이 결코 끝나지 않을 것 같았다.

순간, 갑작스레 내 뒤의 나무판자 하나가 무너지며 내가 힘을 모을 공간을 만들어주었다. 생각하고 말고 할 것도 없이, 나는 내 몸에 남은 마지막 한 방울의 힘을 모아 짰다. 나는 스윙 펀치를 한 방 날리는 것 같은 움직임으로 삼손의 다리 사이를 있는 힘껏 냅다 걷어찼다. 1976년에 일본 권투선수 안토니오 이노키가 무하마드 알리에게 비열하게 한 방 먹였을 때처럼 말이다.

삼손은 끙끙거리며 신음소리를 냈다. 마치 유리병에 갇힌 호박벌 같았다. 나는 삼손의 손아귀에서 벗어나 멀리 달아났다. 그 천재적인 보디빌딩 고안물은 허공 속으로 날아올랐다가 짚더미 위로 데굴데굴 굴러갔다. 뒤를 흘끔 돌아보았다. 헤라클레스 소년이 몸을 감싼 채 다리를 부여잡는 게 보였다. 꽝 고꾸라지기 일보직전이었다.

며칠 동안, 내 가슴에는 검붉은 동그라미 자국 두 개가 선명하게 남아 있었다. 기가 막힌 바보짓의 흔적.

어머니가 그 자국을 보고 뭐냐고 물었다. 나는 둘러대고 싶었지만 그럴 수가 없었다. 매주 금요일 아침, 무하마디아 윤리 수업 시간에 우리는 부모님에게 특히 어머니에게 거짓말하면 안 된다고 배웠다.

나는 내 자신의 어리석음을 드러내 웃음거리가 될 수밖에 없었다. 형들과 아버지는 너무 심하게 웃어댔다. 몸을 떨기까지 했다. 그리고 나서 생전 처음으로, 나는 정신병에 대한 어머니의 궤변을 들었다.

"미치광이에는 마흔네 가지 유형이 있어."

어머니는 씹는담배를 만들기 위해 약통상자에서 담배, 구장잎 따위를 긁어모으며 정신의학 전문가다운 권위를 갖추고 말했다. 어머니는 그 혼합물을 자그마한 볼에 구겨 넣고는 씹었다.

"숫자가 작으면 작을수록, 그 병은 더욱 심각한 거지."

어머니가 고개를 설레설레 흔들며 마치 정신병 환자를 보듯 나를 빤히 들여다보며 말했다.

"정신 놓고 발가벗은 채 길거리를 방황하면, 그것이 첫 번째 정신병이야. 내 생각에, 네가 그 테니스공으로 한 짓은 다섯 번째 정신병쯤 될 것 같구나. 매우 심각해, 이칼! 조심하는 게 좋을 거야. 만약 네가 정신 차리지 않으면, 그 숫자는 곧 더 작아질 거야!"

어느 날 아침 열 시. 이 즈음이면 잘락 크루바우 새 떼가 이미

8장 • 정신병 No. 5

도착했어야 했다. 하지만 그날 아침은 잠잠했다. 나는 우리 반 친구들의 개성을 생각하면서 혼자 빙긋 웃었다. 우리 대부분은 학교에 갔다. **맨발로**. 맨발이 아닌 사람은 아주 커다란 신발을 신었다. 우리 가난한 부모님들은 일부러 아주 큼지막한 신발을 사주었다. 적어도 2년 동안 학교에 다니면서 신을 수 있을 정도로 넉넉한 신발을. 신발이 발에 맞을 즈음이 되면, 신발은 이미 다 떨어지고 난 뒤였다.

말레이 사람들은 운명이 신의 창조물이라고 믿는다. 우리 열 명은 운명의 미끼였다. 우리는 지식의 바다에서 몰아치는 물결로부터 우리 자신을 지켜내기 위해 함께 꼭 붙어 있는 자그마한 연체동물 같았다. 부 무스 선생님은 우리의 어미닭이었다. 나는 내 친구들의 얼굴을 하나하나 바라보았다. 편안한 미소를 머금은 하룬, 잘생긴 트라파니, 자그마한 체구의 사흐단, 오만한 쿠카이, 적극적인 사하라, 잘 속아 넘어가는 아 키옹, 그리고 가네샤[7] 동상처럼 앉아 있는 여덟 번째 소년 삼손. 그리고 누가 아홉 번째와 열 번째 소년이었을까? 그건 바로 린탕과 마하르였다. 그들의 이야기는 무엇이 있을까? 둘은 진짜 남다른 아이들이었다. 그 아이들의 이야기를 들려주려면 별도의 장이 필요하다.

---

[7] 코끼리 얼굴을 한 시바 신의 아들.

악어 주술사

오늘 아침, 린탕은 그답지 않게 지각을 했다. 우리는 린탕이 학교에 늦은 이유를 듣고는 깜짝 놀랐다.

"지나올 수가 없었어. 길 한가운데 코코넛 나무만큼 커다란 악어 한 마리가 내 앞을 가로막고는 떡하니 드러누워 있지 뭐야."

"악어라고?"

쿠카이가 되물었다.

"자전거 벨을 찌르릉 울리고, 손뼉을 딱딱 치고, 큰 소리로 기침도 해봤어. 그래도 녀석은 비키지 않는 거야. 꼼짝도 안 하더라고. 거기 꼼짝없이 서서 혼자 중얼거리는 거 말곤 할 게 없었어. 녀석 덩치하고 등에 자라고 있는 따개비를 보니 습지의 왕 악어가 확실했어."

"그냥 집으로 돌아가지 그랬어?"

내가 물었다.

"벌써 반 넘게 왔는데 그 멍청한 악어 때문에 집으로 돌아가고 싶지는 않았어."

난 린탕이 그 순간 무슨 생각을 했는지 상상할 수 있었다.

내 사전에 결석은 없어. 오늘은 이슬람의 역사를 공부하는 날이야. 가장 재미난 수업이라고. 나는 7년 전에 이미 비잔티움의 승리를 예언한 신성한 시에 관해 이야기하고 싶어.

"도와달라고 할 사람이 없었어?"

사하라가 걱정스럽게 물었다.

"주위에 아무도 없었어. 나 혼자. 큰 악어, 그리고 확실한 죽음."

린탕이 드라마틱하게 말했다.

우리는 조바심이 났다. 린탕이 고군분투하며 학교에 오는 모습을 상상하며 매우 놀랐다.

"도리가 없었지. 그런데 갑자기 옆에서 물이 첨벙거리는 소리가 났어. 난 깜짝 놀랐지. 어찌나 무섭던지!"

"그게 뭔데, 린탕?"

트라파니가 눈을 동그랗게 뜨고 물었다.

"사람 모양이 늪에서 나왔어. 시커먼 것이 가슴까지 올라오는 물을 뚫고 늪에서 올라왔어. 머리털이 쭈뼛 서더라고. 그 사람이 내가 있는 쪽으로 성큼성큼 걸어오는 게 보였어. 기괴하게 생긴 다리로 'O' 자 모양으로 걸었지."

"그 사람이 누구였는데?"

마하르가 숨죽여 물었다.

"보뎅가."

"아!"

우리는 모두 두려움에 손을 입으로 가져갔다. 우리 중 누구도 그 이름을 용기 내어 말할 수 없었다. 우리는 긴장한 채 이야기가 계속되기를 기다렸다.

"악어보다 그 남자가 더 무서웠어!"

습지에서 나온 그 남자는 누구도 알고 싶어 하지 않는 아저씨였다는 걸 알고 있었다. 벨리퉁 해안가에서 그 남자를 모르는 사람이 누가 있을까?

"그래서 어떻게 됐는데?"

보렉이 짜증스럽게 물었다.

"그 남자가 내 옆을 지나쳐갔어. 마치 내가 없는 것처럼 말이야. 그러더니 길을 막고 있는 무지막지한 악어한테 다가가서 손으로 그 놈을 만지더라니까! 그놈을 살살 토닥이고는 뭐라고 속삭였어. 정말 신기하더라! 악어는 순순히 그 남자 말을 듣고 꼬리를 살랑살랑 흔들어댔어. 주인의 마음에 들려 살랑살랑 꼬리를 흔들어대는 강아지마냥."

우리는 대경실색했다.

"잠시 뒤"

린탕이 나지막한 목소리로 이야기를 계속했다.

"그 백악기 파충류가 갑작스레 습지 속으로 뛰어들었어. 소름이 끼칠 정도였어. 마치 코코넛 나무 일곱 그루가 한꺼번에 무너져 내리기라도 하는 것처럼 시끄러웠다니까!"

린탕이 숨을 크게 들이쉬었다.

"깜짝 놀랐어. 만약 그 고대 짐승이 나를 좀 더 일찍 쫓아오기로 마음먹었다면, 사람들이 찾을 수 있는 거라고는 내 고물 자전거밖에 없었을 거야."

"보뎅가는 어떻게 되었는데?"

우리 모두 입을 모아 이구동성으로 물었다.

"돌아서더니 내 쪽을 바라보았어. 고맙다는 말 같은 건 애초에 바라지도 않았던 것 같더라. 난 보뎅가를 쳐다볼 배짱도 없었지. 날 한 번 잡아당기기만 해도, 보뎅가는 나를 물속에 빠트려 죽일 수도 있었어. 근데 그냥 지나쳐 가버렸어."

"지나쳐 갔다고? 그게 다야?"

내가 물었다.

"그래, 그게 다야. 그래도 나는 행운이지. 보뎅가의 초능력적인 힘을 목격한 사람은 많지 않거든."

머릿속이 복잡했다. 내가 보뎅가의 행동을 목격한 적이 없다는 것은 사실이었다. 하지만 나는 린탕보다 훨씬 더 보뎅가를 잘 알고 있었다. 보뎅가는 내 인생의 첫 번째 교훈을 심어준 사람이었다. 내게 있어, 보뎅가는 슬픔의 감정과 관련된 모든 것을 상징했다.

아무도 보뎅가와 가까이 하려 하지 않았다. 보뎅가는 얼굴에 마맛자국이 있는 40대 남자였다. 코코넛 잎으로 몸을 감싸고, 야자나무 아래에서 잠을 잤다. 다람쥐처럼 몸을 웅크린 채, 이틀 낮하고도 이틀 밤을 연달아 몰아 잤다. 배가 고프면, 낡은 경찰서의 버려진 우물 안으로 잠수해 들어갔다. 그렇게 바닥까지 들어가 물속에 몸을 담근 채 뱀장어 몇 마리를 잡아먹었다.

보뎅가는 자유로운 영혼이었다. 바람 같았다. 말레이인도, 중국인도, 심지어 사왕족도 아니었다. 아무도 아니었다. 보뎅가가 어디에서 왔는지 아는 사람은 아무도 없었다. 종교도 없었고 말도 할 줄 몰랐다. 거지도 아니었고 범죄자도 아니었다. 마을 어디에도 그에 대한 기록은 없었다. 보뎅가는 귀가 먹었다. 어느 날 주석을 줍기 위해 링강 강에 다이빙했는데, 너무 깊이 잠수하는 바람에 귀가 먹어버렸다. 그때부터 귀머거리가 되었다.

오늘날 보뎅가는 고독한 방랑자 같았다. 마을 사람들이 알고 있던 보뎅가의 유일한 가족은 외발이 아버지뿐이었다. 사람들은 보뎅가의 아버지가 더 많은 악어 마법을 습득하기 위해 자신의 다리를 바쳤다고 했다. 보뎅가의 아버지는 유명한 악어 주술사였다. 그런데 이슬람이 이 마을에 흘러들어온 뒤로 사람들은 보뎅가와 그 아버지를 슬슬 피하기 시작했다. 그들이 악어를 신으로 계속 섬겼기 때문이었다.

보뎅가의 아버지는 죽었다. 머리에서 발끝까지 나무뿌리로 휘감은 채, 스스로 미랑 강 속으로 몸을 던졌다. 강의 포악한 악어들에게 자신의 몸을 스스로 먹였다. 유일하게 발견되지 않은 유물은 두 번째 다리로 사용했던 의족이었다. 그 뒤로 보뎅가는 대부분의 시간을 혼자 밤늦게까지 미랑 강의 조류를 응시하면서 보냈다.

어느 날 저녁, 마을 사람들은 국립학교의 농구장에 떼 지어 모여들었다. 사람들이 악어 한 마리를 잡았는데, 그 악어가 망가 강에서 빨래를 하고 있던 아줌마를 공격했단다. 아직 어렸기에, 나는 악어 곁에 모여 있는 사람들 사이로 뚫고 들어갈 수 없었다. 나는 사람들의 다리 사이로 겨우 볼 수 있었다. 커다란 악어 입이

쫙 벌려 있었고, 그 안에는 장작 하나가 박혀 있었다.

사람들이 악어 배를 반으로 갈라보니 머리털, 옷, 목걸이가 나왔다. 그때 나는 사람들 틈바구니를 비집고 들어오는 보뎅가를 보았다. 보뎅가는 악어 곁에 책상다리를 하고 앉았다. 얼굴은 시체처럼 창백했다. 보뎅가는 사람들에게 악어를 더 이상 괴롭히지 말라고 간절히 애원했다. 사람들은 장작을 악어 입에서 꺼냈다. 악어 숭배자들은 자신이 죽으면 악어가 된다고 믿고 있다는 걸 사람들은 알고 있었다. 또한 보뎅가에게 이 악어는 자기 아버지가 환생한 악어라는 걸 알고 있었다. 다리 하나가 없었으니까.

보뎅가는 엉엉 울부짖었다. 그것은 몸부림치며 슬픔에 잠긴 소리였다.

"바야…바야…바야."

보뎅가는 나지막이 외쳤다.

몇몇 사람들이 목이 멘 듯 흐느꼈다. 보뎅가의 눈물이 그의 마맛자국이 있는 뺨으로 흘러내리는 것을 보았다. 눈물이 얼굴을 적시는 게 느껴졌다. 눈물을 참을 수 없었다. 그 불행한 악어는 버림받고 쓸쓸한 세상에서 보뎅가의 유일한 사랑이었다. 그리고 이제 그 사랑은 멀리 가버렸다.

그렇게 슬퍼하는 동안, 망연자실한 비통함이 보뎅가의 무언의 입에서 흘러나왔다. 그러고 나서 보뎅가는 악어를 묶었다. 자기 아버지의 시체를 링강 강으로 운반했다. 강둑을 따라 삼각주를 향해 끌고 갔다. 그 일이 있은 뒤, 보뎅가는 사람들에게 모습을 드러내지 않았다.

보뎅가와 그날 밤의 사건은 내 잠재의식 속에 동정과 슬픔의 청사진을 새겨놓았다. 어쩌면 그처럼 고통스러운 비극을 목격하기에는 내가 너무 어렸을지도 모른다. 그 뒤로, 내가 가슴 찢어지는 상황에 직면할 때마다, 보뎅가는 내 의식에 되살아났다.

그날 밤, 보뎅가는 진정으로 내게 예감을 가르쳐주었다. 그리고 처음으로, 나는 운명이 인간을 아주 지독하게 다룰 수 있다는 것을, 그리고 사랑은 그처럼 맹목적일 수 있다는 것을 깨달았다.

린탕이 나처럼 보뎅가와 감정적인 경험을 한 것은 아니었지만, 학교 오는 길에 악어와 마주친 것은 그때가 처음은 아니었다. 린탕이 공부하기 위해 때로 생명의 위협을 받는다고 말하는 것은 절대 과장이 아니다. 그럼에도 불구하고, 단 하루도 학교에 빠진 적이 없었다. 매일 왕복 80킬로미터를 자전거로 통학했다. 학교 공부가 오후 늦게까지 이어지면, 어두워진 뒤에야 집에 도착했다. 린탕의 매일매일 등하교 길을 생각하면 내 몸이 움츠러들었다.

린탕에게는 통학거리만 문제가 되는 게 아니었다. 우기 동안에는 가슴까지 물이 차올랐다. 강으로 변한 길을 만나면 린탕은 자전거를 높은 언덕의 나무 아래에 놔두고, 셔츠, 바지, 책을 비닐봉지에 넣은 뒤, 그 비닐봉지를 입에 물고 물에 뛰어들어, 악어의 공격을 피하려 가능한 한 재빨리 학교 쪽을 향해 헤엄쳤다.

집에 시계가 없었기에, 린탕은 자연 시계에 의존했다. 한번은 서둘러 아침기도를 했다. 수탉이 이미 울었기 때문이었다. 기도를 끝내고 곧바로 학교를 향해 자전거 페달을 밟았다. 그런데 학교 오는 길의 중간지점인 숲 한가운데서 의아한 생각이 들었다. 공기가 여전히 차가웠기 때문이었다. 여전히 칠흑 같았고, 숲은 이상하리만치 조용했다. 새 한 마리 지저귀지 않았다. 린탕은 수탉이 너무 일찍 울었다는 것을 그제야 깨달았다. 사실 여전히 한밤중이었다. 린탕은 어두운 숲 한가운데 있는 나무 아래 앉아, 두 다리를 껴안고 추위에 몸을 떨며 아침이 오기를 참을성 있게 기다렸다.

또 언젠가는 자전거 체인이 끊어졌다. 다시 이을 수도 없었다. 벌써 여러 번 끊어져 더 이상 손쓸 수가 없었다. 다시 연결하기에는 턱없이 짧았다. 하지만 린탕은 포기하려 하지 않았다. 자전거를 손으로 끌고 약 12킬로미터를 왔다. 린탕이 학교에 도착한 것은 우리가 집으로 돌아갈 채비를 하고 있을 때였다. 그날 마지막 수업은 음악시간이었다. 린탕은 행복했다. 그 이유는 학생들 앞에서 〈조국을 위해〉를 부를 수 있었기 때문이었다. 그 노래는 느릿느릿하고 우울한 노래였다.

"너를 위해, 내 조국, 우리는 약속한다
너를 위해, 내 조국, 우리는 봉사한다
너를 위해, 내 조국, 우리는 헌신한다
조국, 너는 우리의 몸과 영혼이다"

우리는 린탕이 그처럼 감동적으로 노래를 부르는 소리를 듣고 놀랐다. 익살스러운 린탕의 눈에 피로의 기색은 전혀 없었다. 노래를 부르고 난 뒤, 린탕은 다시 자전거를 끌고 40킬로미터를 되돌아갔다.

린탕의 아버지는 아들이 처음 몇 주 안에 학교를 포기하리라 생각했다. 하지만 아버지의 생각은 틀렸다. 하루하루, 린탕의 열정은 식을 줄 몰랐다. 오히려 더욱 뜨거워져만 갔다. 린탕은 학교와 학교 친구들을 정말로 사랑했다. 그리고 지식의 비밀을 푸는 데 열중하기 시작했다. 학교에서 집에 돌아와서도 쉴 틈이 없었다. 그 나이 또래의 마을 아이들과 함께 코프라 일꾼으로 일했다. 그것은 학교에 다니는 '특권'에 대해 응당 지불해야 할 대가였다.

린탕의 아버지는 이제 린탕을 학교에 보내기로 한 결정이 올바른 것이었다고 생각했다. 무엇보다도, 아들의 끓어오르는 열정을 바라보는 것만으로도 행복했다. 린탕이 언젠가 동생 다섯(모두 연년생이었다.)을 학교에 보낼 수 있기를 바랐다. 그래서 가난의 굴레에서 벗어날 수 있게 해주기를 바랐다. 그래서 있는 힘껏 린탕의 교육을 뒷바라지해주었다. 자기 나름의 방법대로, 있는 힘껏 최선을 다했다.

린탕이 1학년이었을 때, 한번은 자기 아버지에게 도움을 요청한 적이 있었다. 단순 계산하는 학교 숙제였다.

"여기요, 아버지. 4곱하기 4가 뭐예요?"

일자무식 아버지는 이리저리 왔다 갔다 했다. 생각에 잠긴 듯 창문 너머 넓은 남중국해를 응시하며 아주 열심히 생각을 쥐어짰다. 그러더니 린탕이 보지 않을 때, 뒷문으로 살금살금 빠져나가 바람처럼 내달렸다. 웃자란 풀을 헤치며, 소나무 아저씨는 전속력으로 달렸다. 사슴처럼 재빨리. 마을회관 사람들한테 도움을 요청하기 위해서다. 얼마 지나지 않아 번갯불처럼 아저씨는 집으로 몰래 숨어들어와 아들 앞에 대뜸 조심스럽게 섰다.

"사…사…십사… 아들, 분명하다. 더도 덜도 말고."

아저씨는 숨을 가다듬으며 헐떡거리며 대답했다. 얼굴에는 자부심 가득한 미소가 떠올랐다.

린탕은 아버지의 눈을 한참 동안 그윽이 쳐다보았다. 가슴이 아팠다. 그 아픔이 스스로를 다짐하게 만들었다.

난 똑똑한 사람이 되고 말 거야.

린탕은 그 대답이 자기 아버지한테서 나온 게 아니라는 것을 알고 있었다.

린탕의 아버지는 마을회관 직원한테서 들은 대답을 잘못 전달했다. 16이 대답이어야 했지만, 린탕의 아버지는 14라는 숫자만 기억할 수 있었다. 자기가 매일 먹여 살려야 하는 목구멍의 개수 말이다.

그날 이후, 학교 공부에 대한 린탕의 열정은 더욱더 강렬하게 타올랐다. 커다란 자전거를 타기에는 몸집이 너무 작았기에, 린탕은 안장에 앉을 수 없었다. 그래서 대신, 안장과 핸들을 이어주는 바 위에 걸터앉았다. 발끝이 페달에 닿을락 말락 했다. 매일 그렇게 천천히 강철 바 위에서 두 발을 움직였다. 입술을 깨물며 바람과 싸우기 위해 온 힘을 다했다.

린탕의 집은 바다 끝에 있었다. 그 집은 기둥 위에 지은 판잣집이었다. 그건 바닷물이 높아질 때를 대비한 것이다. 지붕은 야자 잎으로 얹었고, 벽은 나무껍질이었다. 판잣집 안에서 일어나는 일은 죄다 집 밖에서도 볼 수 있었는데, 그건 나무껍질 벽이 이미 수십 년도 더 된 낡은 것인 데다 건기 때의 진흙처럼 금이 가고 부서져 있었기 때문이다. 집 안에는 기다랗고 좁은 공간이 있었다. 문은 두 개. 하나는 앞에 하나는 뒤에 있었다. 창문이나 문 중 잠겨 있는 것은 아무것도 없었다. 밤에는 싸구려 끈으로 문을 틀에 묶어두었다.

린탕의 어머니 쪽, 아버지 쪽 할아버지와 할머니 모두 그 집에 함께 살았다. 노인들 얼굴의 주름은 너무 많아 한 움큼 잡을 수 있을 정도였다. 매일, 네 명의 할아버지 할머니들은 허리를 굽혀 키질을 했다. 3등급 쌀에서 구더기를 잡아내기 위해서였다. 식구들이 먹을 유일한 양식이었다. 노인들은 그 힘겨운 일에 오랜 시간을 허비했다. 쌀이 그 정도로 형편없었던 것이다.

그 집에는 린탕 아버지의 남동생 두 명도 함께 살았다. 한 명은 하루 종일 이리저리 돌아다녔는데, 정신병자였기 때문이었다. 그리고 한 명은 한물간 노동자로, 영양실조로 부어오른 고환 때문에 더 이상 일을 할 수 없었다. 여기에 린탕, 린탕의 어린 여동생 다섯 명, 그리고 어머니가 함께 살았기에, 기다랗고 좁은 집은 언제나 무척 혼잡했다. 열세 명이나 되는 식구가 모두 린탕의 아버지에 기대어 살고 있었다.

린탕의 아버지는 매일 이웃과 함께 뱃일이 나기를 기다렸다. 그 아저씨는 노동으로 생계를 꾸려나가고 있었다.

린탕은 밤늦은 시간이 되어서야 겨우 공부할 수 있었다. 집안이 너무 번잡했기에, 빈 공간을 찾는 게 여간 어려운 일이 아니었고, 식구들과 기름 램프를 함께 써야 했다. 하지만, 일단 책을 붙잡으면 마음은 날아올랐다. 공부는 즐거움이었다. 삶의 곤경을 잊게 해주었다. 린탕에게 책은 메카의 사원에 있는 신성한 우물에서 길어 올린 물과 같았다. 하루하루 바람에 맞서 페달을 밟을 힘을 새롭게 불어넣어주었다. 린탕은 자기가 읽는 문장 하나하나에 몰두했다. 학자들의 유창한 글에 매료되었다. 다른 사람들이 알아차리지 못하는 상투적인 어구 속에 숨어 있는 의미를 깨달았다.

그러다 어느 마법과도 같은 밤, 기름 램프의 희미한 불빛 아래에서 린탕의 가느다란 손가락이 『천문학과 기하학』이라는 제목의 낡은 책을 넘기고 있었다. 갑작스레, 린탕은 아리스토텔레스의 우주론을 반박하는 갈릴레오의 도발적인 주장에 푹 빠졌다. 린탕은 지구에서 안드로메다와 삼각형자리 성운까지의 거리를 측정하고자 했던 고대 천문학자들의 터무니없는 생각에 넋을 잃었다. 중력이 빛을 굴절시킬 수 있다는 것을 알게 되었을 때 가슴이 벅찼다. 니콜라우스 코페르니쿠스가 생각했던 저 하늘 우주의 어두운 구석에서 방랑하는 물체들로 인해 놀라움을 금치 못했다.

   기하학을 다루는 장에 이르렀을 때, 린탕은 기분이 좋아 절로 미소가 떠올랐다. 린탕의 머리는 다양한 차원과 공간에 대한 수학적 시뮬레이션을 너무나 쉽게 따라갔기 때문이었다. 린탕은 무척 복잡한 사면체 분해와 피타고라스 정리를 재빨리 습득했다. 이 책은 린탕의 나이와 교육수준에 맞지 않는 것이었다. 하지만 린탕은 매혹적인 지식을 읽으며 숙지했다. 기름 램프가 내뿜는 빛의 흐릿한 원 안에서 책을 응시했다. 그리고 바로 그 순간, 쥐죽은 듯한 밤에, 이 숙지한 지식이 발산하며 무언가 마법과도 같은 일이 벌어지고 있다는 것을 알아차렸다. 자기 눈앞에 펼쳐진 낡은 책 속에서 숫자와 글자가 이리저리 꿈틀거렸다. 그러고 나서 주변을 윙윙거리는 반딧불이로 변신하더니, 이윽고 마음속으로 침투해 들어갔다. 린탕은 그 순간 기하학의 선구자들의 정령이 자신에게 이를 드러내며 밝게 웃고 있다는 것을 몰랐다. 코페르니쿠스, 루크레티우스, 아이작 뉴턴이 그의 곁에 앉아 있었다. 아무도 찾지 않는 바닷가 외딴 곳에 자리 잡은 지독히도 가난한 말레이 가족의 아주 자그마하고 좁아터진 판잣집 안에서, 타고난 천재가 태어났다.

   다음 날 학교에서, 린탕은 우리가 세 자릿수 좌표에서 헤매는 걸 보고는 당혹스러워했다.

이 마을 아이들은 도대체 뭘 헷갈려 하는 거지?

린탕은 속으로 생각했다.

흔히 자신의 우둔함을 깨닫지 못하는 것처럼, 어떤 사람들은 자신이 선택받았다는 것을, 신으로부터 지식과 이어지는 운명을 부여받았다는 것을 깨닫지 못한다.

두 번씩이나 영웅이 되다!

자, 그 일은 8월에 일어났다. 8월에는 항상 나쁜 뉴스가 있다.

문제가 연달아 우리 학교에 닥쳤다. 몇 년 동안, 재정적인 어려움이 항상 우리 학교를 따라다녔다. 매일매일. 거기에다, 사람들은 늘 우리 학교가 조만간 무너질 거라고 당연하게 생각했다.

하지만 부 무스 선생님과 팍 하르판 교장선생님이 매일 불어넣는 바람과 같은 결의 덕분에 우리는 버틸 수 있었다. 우리는 학교를 우리에게 일어날 수 있는 가장 좋은 곳으로 바라보게 되었다. 학교는 일꾼, 코코넛 가는 사람, 목동, 후추농장 일꾼, 상점 경비가 되는 것보다 훨씬 더 좋았다.

어려움이 연속적으로 다가왔다. 그래도 우리는 절대 한 발짝도 물러나지 않았다. 사실 우리에게는 면역력이 생겼다. 우리는

"너를 멸하지 못하는 것은 너를 더욱 강인하게 만들 것이다."라는 격언의 살아 있는 증거였다. 우리 반에는 여전히 열 명의 학생밖에 없었고, 몇 년 동안 새로 등록하는 학생도 없다가 마침내 하급생이 생겼다. 몇 명 되지는 않았지만 생기기는 생겼던 것이다.

하지만 이번만큼은 정말 힘든 시련에 부딪쳤다.

탁탁 튀는 소리를 내는 고물 오토바이가 우리 학교를 향해 미끄러져왔다. 이런. 그 남자가 여기에 다시 왔다.

오토바이 운전자는 노인이었다. 두툼한 안경에 자그마한 체구, 이마는 넓고 반짝반짝 빛났다. 눈썹 위의 맥박 치는 혈관은 다른 사람들에게 자신의 뜻을 강요하는 듯한 인상을 심어주었다. 사실, 타인들을 질책하는 데 익숙한 사람은 자신의 감정을 제대로 억누르지 못하는 법이다. 그 남자는 고집불통 성격으로 유명한 이였다. 그 입에서 나온 한 마디로 학교 문을 닫을 수도 있었다. 그건 손가락을 튕기는 것만큼 쉬웠다. 학교 교장이 잘릴 수도 있었다. 선생은 은퇴할 때까지 승진을 못할 수도 있었다. 아니면 가기 싫은 외딴 섬으로 쫓겨날 수도 있었다. 지도에도 표시되지 않는 섬으로 말이다. 거기서 초등학생들과 짧은꼬리원숭이들을 가르쳐야 했다. 그 남자의 안경을 보는 것만으로도 벨리퉁의 선생들은 모두 몸을 떨었다. 다름 아닌 교육감 사마디쿤 씨였다.

옛날에, 우리는 간신히 사마디쿤 씨의 손가락에서 빠져나올 수 있었다. 하룬이 개학 첫날 우리의 열 번째 학생이 되어 우리를 구해주었을 때 말이다. 사마디쿤 씨는 그때 그리 기분이 좋지 않았다.

사실, 사마디쿤 씨는 우리 학교 문을 닫아버리고 싶어 안달이 났다. 지금까지 몇 번씩이나 그랬다. 교육 문화부의 행정부서에서 일하는 관료들에게 이것은 골치 아픈 추가 업무였다. 이 관료들은 계속해서 우리 학교에 압력을 가했다. 이 땅에서 추방하려고 말이다. 사마디쿤 씨는 자신의 상관한테 이렇게 떠벌리기도 했다.

"아, 무하마디아 학교 문제를 해결하도록 제게 맡겨 주세요. 한 방에 그 학교 문을 닫아버릴 수 있습니다. 아니, 그렇게 할 필요가 없을지도 모르죠. 폭풍이 한 번 불고 나면 학교가 끝장날 수 있으니까요. 머지않아, 폭삭 주저앉고 말 겁니다."

추측하건대, 이렇게 거만하게 말하고 나서 사마디쿤 씨와 고위 교육 당국자들은 건배를 했을 것이다. 달콤한 야자나무 주스가 가득 담긴 유리잔을 서로 쨍 부딪히며 말이다. 달콤한 야자나무 주스는 교장으로 승진하고 싶어 하거나 외딴 지역에서 도회지로 전근하고 싶어 하거나 자기 학교가 모범학교로 선정되기를 원하는 선생님들이 흔히 뇌물로 바치는 것이었다.

그래서 사마디쿤 씨는 우리 학교 문을 닫을 멋진 조건을 능숙하게 만들어냈던 것이다. 그 조건이 바로 열 명의 학생이었다. 그런데 이 조건을 하룬이 마지막 순간에 극적으로 채워주었다. 사마디쿤 씨는 우리 학교 때문에, 특히 하룬 때문에 매우 안달이 났다.

단지 우리 때문에 안달이 났던 건 아니었다. 고위층으로부터의 압력이 있었기 때문이기도 했다. 사마디쿤 씨는 개인적으로 우리가 다른 학교에서 시험을 치르도록 확실하게 해둘 책임이 있었다. 우리 학교가 자체적으로 시험을 관리할 수 없다고 생각했기 때문이었다. 다시 말해, 우리는 사마디쿤 씨에게 있어 추가적인 업무였던 것이다. 따라서 사마디쿤 씨는 우리가 아주 기분이 나빴다. 게다가 우리는 그동안 상도 하나 받은 적이 없었다. 오늘날의 경쟁적인 교육 시스템에서, 우리 같은 학교는 전체 시스템을 비능률적으로 만들 수 있었다. 그런 점에서는 사마디쿤 씨가 옳았다. 하지만 앞날은 아무도 모르는 것이라고 하지 않았던가?

사마디쿤 씨가 학교 시찰을 위해 불시에 도착했을 때, 부 무스 선생님은 귀신처럼 얼굴이 새하얗게 변했다. 선생님이 혼자였기에 상황은 더 나빴다. 곽 하르판 교장선생님은 지난 한 달 내내 아팠다. 의사는 교장선생님 폐에 질 나쁜 분필가루가 수십 년 동안 쌓여 아픈 거라고 했다.

사마디쿤 씨는 교실을 힐끔 쳐다보았다. 텅 빈 유리 장식장을 보자마자 얼굴에는 경멸의 표정이 스쳐지나갔다. 다른 학교에서 장식장에 들어찬 성취의 트로피들을 보는 데 익숙해 있었기 때문이었다.

너무 긴장한 나머지 부 무스 선생님은 치명적인 실수를 저지르고 말았다. 그 어떤 것도 아직 일어나기 전에 말이다.

"들어오세요, 곽."

선생님이 정중하게 말했다.

사마디쿤 씨가 선생님을 물끄러미 바라보더니 매섭게 말했다.

"사마디쿤 씨라고 부르세요."

그것은 상식이었다. 그는 곽 사마디쿤으로 불리기를 원하지 않았다. 어쩌면 이것은 사마디쿤 씨의 네덜란드 스승의 영향 때문이었을지도 모른다. 아니면 자신의 권위주의적인 이미지를 유지하기 위한 것이었을지도 모른다. 이유야 어찌되었든, 한 가지만은 분명했다. 자신이 그렇게 불리기를 원했던 것이다.

사마디쿤 씨는 비품검사 양식을 꺼내들었다. 비아냥거리며 고개를 절레절레 흔들며 실망감을 노골적으로 드러내 보였다. 칠판과 가구 항목에 사마디쿤 씨는 새로운 항목을 써 넣어야 했다. 다시 말해, E) **나쁨** 아래에, F) **매우 나쁨**이라고 추가했던 것이다. 국가 상징 항목(대통령과 부통령 사진, 그리고 가루다 빤짜실라 국가 상징), 구급약과 시청각자료 항목에 다시 한 번 추가적인 항목을 적어 넣었다. 이번에는 이렇게. F) **존재하지 않음**. 화장실과 조명장치 항목에는 F) **자연 그대로**라고 추가했다.

다음은 학생들의 상태에 대한 항목을 점검할 차례였다. 사마디쿤 씨는 숨을 크게 내쉬고는 우리를 바라보았다. 우리 대부분은 신발도 신지 않았고, 지저분한 옷에는 단추도 떨어져나가 있었다. 마하르의 셔츠에는 아예 단추가 하나도 없었다. 사마디쿤 씨는 린탕과 내가 고무줄 새총을 목에 걸고 있는 것을 보고는 문득 발걸음을 멈추었다. 그리고 쿠카이 셔츠 위에 묻은 구아바 과일 얼룩을 보고는 한심하다는 듯 혀를 끌끌 찼다. 그 결과, 학생들의 상태와 관련된 항목에서는 F) **매우 나쁨**이 우리를 묘사하는 데 충분하지 못했다. 사마디쿤 씨는 또 하나의 항목을 추가했다. G) **불쌍함**.

사마디쿤 씨가 물었다.

"계산기, 나침반, 크레용 갖고 있는 사람?"

아무도 대답하지 않았다. 마하르는 나를 바라다보고는 자기 눈썹을 치켜세웠다. 우리는 이미 5학년이었지만, 그게 무엇인지 알지도 못했다.

사마디쿤 씨가 부 무스 선생님을 향했다.

"부 무스 선생! 난 지금껏 이처럼 엉망진창인 교실을 본 적이 한 번도 없소. 어떻게 이걸 학교라고 부릅니까? 가축우리와 다를 바 없어요!"

구석으로 물러서며, 부 무스 선생님은 더욱 창백해졌다.

"당신 아이들은 사슴 몰이꾼처럼 보이는군요, 학생이 아니라……!"

부 무스 선생님은 모욕을 당했다. 그렇다고 해서 그것이 우리에 대한 선생님의 자부심을 사라지게 만들지 못했다는 것은 분명했다.

"선택의 여지가 없군. 이 학교는 문을 닫아야 해!"

부 무스 선생님은 충격을 받았다. 선생님은 가만히 앉아서 모욕을 감수할 수는 있었다. 하지만 절대로 자기 학교가 문을 닫게 내버려둘 수는 없었다.

"말도 안 돼요, 사마디쿤 씨. 우리는 여기서 5년째 공부하고 있어요."

부 무스 선생님은 진정 용감했다. 사마디쿤 씨한테 대들 만큼 그렇게 용감했던 선생은 그동안 아무도 없었다.

"이 마을 아이들은 어떻게 하라고요?"

부 무스 선생님은 계속 말을 이어갔다.

사마디쿤 씨는 격분했다.

"그건 당신 문제요, 내 문제가 아니라! 다른 학교로 전학시키세요."

"다른 학교라고요? 가까운 공립학교는 탄중판단까지 가야 해요. 이 어린아이들을 부모한테서 떼어놓는 것은 불가능합니다. 이 아이들은 그곳 학교에 다닐 형편이 안 돼요. 근처에 PN 학교가 있기는 하지만 그곳에서는 이 가난한 아이들을 받아주지 않을 겁니다."

사마디쿤 씨는 씩씩거리며 계속 조사를 해나갔다. 부 무스 선생님의 말랑말랑한 입에서 흘러나온 대담한 발언 때문에 폭발하기 일보 직전인 듯했다. 다른 한편, 부 무스 선생님의 태도는 자기 학생들을 위한 것이라면 무엇이든 희생할 준비가 되어 있다는 것을 보여주었다. 우리는 선생님 편이 되고자 했다. 하지만 두려웠다. 우리는 슬픈 표정으로 선생님을 바라보는 것 말고는 아무것도 할 수 없었다. 하지만 하룬만큼은 예외였다. 하룬은 내내 싱글벙글 웃었다. 하룬은 무슨 일이 벌어지고 있는지 전혀 알지 못했다.

"저희는 이미 열 명 학생의 요건을 충족시켰어요. 만약 구급약 문제라면, 우리는 ……."

"그 문제가 다가 아니란 말이오!"

사마디쿤 씨가 선생님의 말을 싹둑 잘랐다.

"하룬도 문제란 말이오!"

부 무스 선생님은 기가 막혔다. 선생님의 얼굴은 이제 시뻘게졌다. 아픈 부위를 건드린 것이다. 하룬 문제는 언제나 선생님한테 민감한 문제였다. 선생님은 전혀 주저하지 않았다. 하룬을 위해서 나섰다. 부 무스 선생님과 달리, 하룬은 자기 이름이 거론되자 매우 기뻤다.

"하룬한테 뭐가 문제인 거지요?"

부 무스 선생님이 수세에 몰려 물었다.

"저 아이는 이 학교에 다니면 안 돼요. 저 아이에게 적당한 장소가 아니란 말이오. 특수학교에 보내야 해요! 방카 섬에 있는!"

부 무스 선생님은 냉정을 잃지 않으려 부단히 애썼다. 우리는 선생님이 하룬을 얼마나 사랑하는지 잘 알고 있었다. 하지만 우리는 또한 사마디쿤 씨가 마음의 결정을 내린 것을, 그리고 그 결심이 확고하다는 것도 이해했다. 사마디쿤 씨는 막강한 인물이었고, 부 무스 선생님은 그저 초라한 마을학교 선생에 불과했다. 이 권력투쟁에서, 지위의 차이가 이처럼 큰 상태에서, 우리가 질 게 너무나도 뻔했다. 부 무스 선생님의 얼굴이 일그러졌다.

"사마디쿤 씨, 이 학교는 하룬에게 최고의 장소입니다. 하룬은 학교 숙제에 아주 열심이에요. 그리고 친구들과 함께 공부하는 것을 아주 즐거워하고 있어요. 제발, 하룬을 멀리 보내지 말아주세요."

부 무스 선생님이 힘없이 말했다.

사마디쿤 씨는 미동도 하지 않았다.

"공부라고요? 지금 공부라고 말했소? 저 아이는 진짜 성적표조차도 없어요, 저 아이가 뭘 배웠단 말입니까?"

하룬은 사실 특별대우를 받았다. 우리가 학년이 올라갈 때, 하룬도 따라 올라갔다. 공식적인 성적표조차 없었다 할지라도 말이다.

부 무스 선생님은 침묵을 지켰다. 그 순간 선생님은 하룬이 학교에 다니면서 아주 많이 발전했다는 것을, 그리고 하룬이 우리와 함께하면서 행복을 발견했다는 것을 사마디쿤 씨한테 진짜로 설명하고 싶었다. 하지만 선생님의 입은 꽉 닫혔다. 선생님은 심리학을 이해하지 못했다. 하지만 정상적인 환경에서 함께 어울리는 것이 하룬처럼 특수한 아이들에게 꼭 필요하다고 믿었다.

사마디쿤 씨가 하룬의 이름을 불렀다. 하룬은 일어나 진지하게 사마디쿤 씨에게 다가갔다. 하룬은 사마디쿤 씨를 친절하게 맞으려 노력했다. 하룬의 미소는 그의 익살스러운 얼굴에 가득 퍼졌다. 하룬은 편견이 무엇인지 전혀 몰랐다. 이 단순한 아이는 자기가 뜨거운 논쟁의 원인이라는 것도 몰랐다. 또한 우리 학교의 운명이 자신의 양손에 달려 있다는 것도 몰랐다. 만약 하룬이 떠나면 우리 교실 학생은 열 명이 되지 않는다. 규칙에 따를 것 같으면, 최소한 한 학급이라도 열 명 이상의 학생이 있어야 했다. 우리 아래 학년은 모두 열 명이 안 되었다. 우리 반 학생 한 명을 잃으면, 우리는 학교를 떠나야 했다.

갑작스레, 아무런 질문도 받지 않았는데도 불구하고, 부 무스 선생님이 말을 중단시키려 했음에도 불구하고, 하룬은 3일에 세 마리 새끼고양이를 낳은 세 줄 무늬 고양이에 대한 자신의 끊임없는 레퍼토리를 들려주었다.

"좋아요, 하룬이 *지난 5년간* 무엇을 배웠는지 테스트해보도록 하지요."

사마디쿤 씨는 *지난 5년간* 이라는 말을 또렷하게 강조했다. 하룬을 통해 부 무스 선생님의 노력을 인정하고 싶지 않았던 것이다. 그리고 학교가 하룬한테 적합하지 않다는 것을 보여줘 부 무스 선생님을 공격하고 싶어 했다. 하지만, 지금까지 사마디쿤 씨의 최악의 의도는 하룬을 얕잡아본 것이었다. 동시에, 하룬은 순수한 마음으로, 여전히 행복에 넘쳤다. 하룬의 얼굴은 자부심으로 빛났다. 왜냐하면 그는 질문을 받기로 되어 있었기 때문이었다. 하룬은 자기가 중요한 사람이라고 느꼈다.

"네 꿈이 뭐지, 하룬?"

하룬은 사마디쿤 씨를 아주 진지하게 쳐다보았다. 하룬은 대답하지 않았다. 입을 꾹 다물고 미소만 지었다. 하룬에게, 그 질문은 가벼운 게임 같은 것이었다. 사마디쿤 씨는 하룬이 꿈이라는 단어를 이해하지 못했다는 사실을 곧 알아차렸다. 사마디쿤 씨는 승리감에 도취되어 부 무스 선생님을 쳐다보았다. 사마디쿤 씨의 눈동자는 이렇게 말하고 있었다.

당신이 사랑하는 학생 하룬은 꿈이라는 단어조차 알지 못한다고!

"무슨 말이냐 하면, 나중에 네가 어른이 되어서 어떤 사람이 되고 싶으냐는 말이다, 하룬? 의사가 되고 싶니, 엔지니어가 되고 싶니, 아니면 조종사가 되고 싶니?"

부 무스 선생님이 친근하게 하룬을 도와주었다.

"아,"

하룬이 일주일 동안 혼수 상태에 있다 갑자기 의식이 되돌아온 사람처럼 소리쳤다.

"고마워요, 선생님."

하룬이 고개를 들어 사마디쿤 씨를 쳐다보면서 말했다. 하룬의 눈은 밝게 빛났지만, 이내 다시 고개를 아래로 떨어트렸다. 마치 대답을 알고는 있지만 말하기 부끄러워하는 것 같았다.

"어떤 사람이 되고 싶지, 하룬?"

사마디쿤 씨가 다시 물었다.

하룬은 트라파니를 수줍어하면서 가리켰다. 사마디쿤 씨와 부무스 선생님은 트라파니를 쳐다보았다. 트라파니는 당혹스러워했다.

"부끄러워 마라."

사마디쿤 씨가 하룬을 구슬렸다.

하룬은 다시 트라파니를 가리켰다. 아무도 하룬의 유별난 행동을 이해하지 못했지만, 나는 알고 있었다. 1학년이었던 어느 날, 하룬은 나를 데리고 알-히크마 사원의 가장 높은 뾰족탑 꼭대기로 기어 올라간 적이 있었다. 하룬이 아무도 없는 조용한 장소를 원했기 때문이다. 거기서 자신이 커서 무엇이 되고 싶은지 내게 말해주었다. 오직 나 혼자만 알고 있었다. 나는 비밀을 누설하지 않았다. 하룬은 삶은 칼라디움 덩이줄기 세 개로 나를 매수했다. 나는 한 손을 세 개의 군것질거리 위에 올려놓고, 다른 손을 허공에 들어 올려 비밀을 지킬 것을 맹세했다.

내 생각에, 하룬이 트라파니를 가리켰기에 그는 스스로 비밀을 누설한 것이었다. 자신의 은밀한 열망을 드러낸 것이다. 나는 그때 내 자신이 칼라디움 덩이줄기 앞에서 했던 맹세로부터 자유로워지게 되었다고 생각했다. 사마디쿤 씨가 계속 하룬에게 대답하라고 몰아붙일 때, 나는 더 이상 참을 수 없어 큰 소리로 말해버렸다.

"하룬은 자라서 트라파니처럼 되고 싶어 해요."

모두 당혹스러움을 감추지 못했다. 하룬은 활짝 웃으며 고개를 숙였다. 웃음을 참으려 애쓰느라 몸이 떨렸다.

우리 모두 트라파니를 부러워했다. 트라파니는 우리 중에서 가장 세련되고 잘생겼다. 그래서 하룬은 자기도 자라서 트라파니처럼 되는 것을 남몰래 바랐다. 문제는, 물론, 이 열망은 성취하기가 매우 어렵다는 것이었다. 하룬이 트라파니보다 훨씬 더 나이가 많다는 사실을 생각해보라.

사마디쿤 씨가 꾸짖는 듯한 눈빛으로 부 무스 선생님을 쩌려보았다. 이곳에서의 5년 동안의 교육에도 불구하고, 하룬은 조금도 나아지지 못했다. 사마디쿤 씨는 아직도 만족스럽지 못했다.

"좋아, 하룬, 마지막 테스트다. 2 더하기 2는 뭐지?"

이번에는 좀 심했다. 사마디쿤 씨는 의도적으로 터무니없을 정도로 단순한 문제를 골랐다. 학교에 다니지 않는 아이들도 대답할 수 있는 문제를. 이것은 전적으로 부 무스 선생님을 모욕하기 위한 것이었다.

하룬은 깜짝 놀라 재빨리 사마디쿤 씨의 얼굴을 바라보았다. 하룬은 이런 표정을 지어보였다.

아, 정말 쉬운 문제예요! 2 더하기 2가 뭐냐고요? 내가 왜 그 답을 모르겠어요? 물론 알고 있지요!

하룬은 사마디쿤 씨에게 다가갔다. 하룬은 당당하게 걸었다.

"농담하는 거지요, 그렇지요?"

하룬이 조용히 말했다.

"아니, 하룬. 이건 진지한 거란다. 난 궁금하구나. 네가 학교에서 무엇을 배웠는지."

"아, 저한테 농담하는 거지요! 이건 너무 단순한 계산 문제예요. 전 벌써 덧셈을 배웠다고요. 100단위까지 계산할 수 있어요, 아무 문제없어요!"

"장하구나, 하룬."

하룬은 여전히 사마디쿤 씨가 농담을 하고 있다고 생각했다.

"저는 5학년이에요. 곧 중학교에 들어갈 거예요. 더 어려운 문제는 없어요?"

하룬의 확신을 바라보며, 사마디쿤 씨의 얼굴은 굳어졌다. 사마디쿤 씨는 자신이 치명적인 실수를 저질렀다는 것을 알아차렸다. 문제가 너무 쉬웠던 것이다! 괜히 쉬운 문제를 낸 건 아닌지 후회스러웠다. 2 곱하기 2를 냈어야 했다.

사마디쿤 씨에게는 심각한 상황이었다. 하룬이 제대로 대답한다면, 그러면 자신의 계획은 어긋난다. 부 무스 선생님이 하룬을 잘 가르쳤다는 뜻이니까. 만약 이것이 영화였다면, 사마디쿤 씨가 부 무스 선생님을 코너에 몰아넣었던 좀 전의 승리는 클라이맥스가 될 것이고, 플롯은 이곳에서부터 줄곧 내리막을 탈 것이다. 하룬을 쫓아낼 핑계거리가 없어진다. 우리 교실에는 여전히 열 명의 학생이 있을 것이고, 우리가 열 명인 이상, 인도네시아 공화국의 교육부 장관이라 할지라도 우리 학교 문을 닫을 수 없을 것이다.

부 무스 선생님은 팔짱을 꼈다. 선생님은 긴장했지만, 하룬이 대답할 수 있다고 믿었다. 선생님은 하룬과 덧셈 문제를 집중적으로 공부했었다. 우리는 전지전능한 신에게 기도하며, 하룬이 정확하게 대답하기를 기원했다. 사하라와 마하르의 눈은 생기가 없이 흐릿했다. 우리는 어찌할 도리 없이 가난한 우리 학교를 사랑했다. 우리는 학교를 잃고 싶지 않았다. 학교가 없으면 우리는 어떻게 된다는 말인가? 하지만 결코 두려워하지 않았다. 열 명의 학생을 이룬 뒤에, 하룬은 두 번째로 우리를 다시 구원해줄 것이다. 그처럼 쉬운 문제는 하룬에게 식은 죽 먹기다. 다시 한 번, 하룬은 우리의 영웅이 될 것이다.

"여전히 대답을 듣고 싶으세요?"

하룬이 도전했다. 그러면서 자랑스럽게 자신의 아이돌, 트라파니를 흘끔 쳐다보았다. 사마디쿤 씨는 선택의 여지가 없었다.

자신의 어리석은 질문을 되돌릴 수 없었다. 자존심이 너무도 세 질문을 바꿔 더 어려운 문제를 낼 수도 없었다. 사마디쿤 씨는 하룬에게 낙심한 듯 대꾸했다.

"그래, 하룬, 2 더하기 2가 뭐냐? 답을 알고 있니?"

"물론 알아요. 식은 죽 먹기지요."

하룬은 팔짱을 꼈다.

"얼마지, 하룬?"

하룬은 손을 위로 치켜들며 자신 있게 소리쳤다.

"3이요!"

대단한 린딩!

"한 번 더 기회를 주겠소. 더 이상 개선이 없다면 정말 끝이오!"

사마디쿤 씨가 부 무스 선생님을 싸늘하게 몰아붙였다.

불시에 이루어진 당혹스러운 시찰이 끝났다. 잠시 뒤, 사마디쿤 씨는 자신의 보고서를 마무리하는 데 필요한 행동을 계속해 나갔다. 사진사를 불러 우리 학교를 여러 각도에서 찍게 했다. 사진을 찍을 때마다 하룬은 사진에 찍히려고 쪼르르 달려가곤 했다. 사진사가 학교 뒤쪽을 찍을 때, 하룬의 얼굴이 창턱 위로 불쑥 튀어나왔다. 길고 누런 이를 드러낸 채 활짝 미소 지으며……. 하룬은 자신을 학교에서 끌어내고 학교 문을 닫으려 이 사진을 찍고 있다는 것을 전혀 알지 못했다. 그저 사진 속 자신의 포즈에만 신경 썼다.

사진을 인화해 사마디쿤 씨가 그것을 교육 당국에 제출해버리면 우리 학교 건물이 한쪽으로 기울어져 있는 정도가 심히 우려할 만한 수준이라는 게 분명해질 거다. 피사의 사탑과 비슷했다. 보고서와 그 사진이 최대한 널리 배포되리라.

하지만 부 무스 선생님은 흔들리지 않았다. 선생님은 평상시처럼 신성한 시를 인용하며 우리에게 기운을 북돋아주었다.

"진정해라. 곤경이 지나고 나면 훨씬 더 편안한 시간이 반드시 올 테니까."

선생님이 그렇게 말할 때마다, 우리는 고결한 목표를 위한 싸움은 결국 승리할 것이라고 확신했다. 때로 처음에는 힘들지라도 말이다. 장황한 연설 없이도, 몇 마디 말로 선생님은 우리에게 용기를 북돋아주었다. 무슨 일이 있든, 우리 학교를 위해 싸우겠다는 결의를 다지게 해주었다. 독자 여러분, 사람들은 이런 것을 카리스마라고 부른다.

걱정스럽긴 했지만, 부 무스 선생님은 사마디쿤 씨 문제로 낙담하지 않았다. 그래서 선생님은 린탕에게 집중했다.

린탕이 1학년 때 서류 양식을 채운 이후로 부 무스 선생님은 내심 린탕이 천재가 아닐까 의구심을 품었다. 그 뒤로, 대장장이가 칼날을 다듬듯, 부 무스 선생님은 린탕의 마음을 조심스럽게 연마했다. 점차, 선생님의 지속적인 손길로 바닷가 소년의 지식은 반짝반짝 빛나기 시작했다.

우리 반 아이들은 모두 린탕을 좋아했다. 실로, 저 조개잡이 소년은 기민했다. 린탕은 자기가 답을 알고 있다며 집게손가락을 연신 들어올렸다. 초롱초롱한 눈빛은 총명함을 발산했고, 이마는 전구처럼 빛났다. 호기심에 가득 차, 린탕은 끊임없이 질문을 퍼부었다. 부 무스 선생님과 꽉 하르판 교장선생님은 이 아이를 어떻게 해야 할지 도통 감을 잡지 못했다.

린탕은 기하학 모형으로 종이접기를 제일 빨리했다. 또한 읽기의 달인이었다. 그 무엇보다도 수학적 재능이 뛰어났다. 우리가 짝수 덧셈을 더듬거리며 배우는 동안, 린탕은 이미 홀수 곱셈을 멋지게 해냈다.

우리는 수학문제를 받아쓰는 것도 제대로 못했지만, 린탕은 이미 소수 나눗셈, 루트 계산, 지수 찾기도 빈틈없이 해냈다. 심지어 로그표를 완벽하게 이용해 계산을 척척 해낼 수 있었다. 딱 한 가지 약점이라면, 그걸 약점이라고 부를 수 있다면, 악필이라는 점이다. 글씨가 이처럼 형편없는 이유는 어쩌면 그의 손놀림이 사슴처럼 빨리 뛰어가는 논리의 속도를 따라갈 수 없었기 때문인지도 몰랐다.

"13 곱하기 6 곱하기 7 더하기 83 빼기 39!"

부 무스 선생님이 문제를 냈다.

우리는 재빨리 손 한가득 쥔 나뭇가지의 고무줄을 풀고는 13개를 꺼냈다. 여섯 번. 그리고 각각의 묶음만큼 일곱 번 반복해서 덧붙였다. 그렇게 전체 숫자를 세고 나서 나뭇가지 83개를 더하고 거기서 39개를 뺐다. 숫자를 세느라 정신이 팔려 있었기에, 83에서 39를 먼저 빼면 좀 더 쉽게 할 수 있다는 생각을 논리적으로 하지 못했다. 우리는 이 문제를 푸는 데 7분이나 걸렸다. 분명 효과적인 방법이었지만, 효율적인 방법은 아니었다. 길고도 지루한 과정이었다.

그러는 사이 린탕은 나뭇가지에 손을 대지도 않았다. 그저 잠시 눈을 감고는, 5초도 지나지 않아 소리쳤다.

"590!"

린탕은 심지어 손가락도 쓰지 않았다. 우리는 깜짝 놀랐다. 우리는 여전히 나뭇가지를 바쁘게 움직이며 아직 첫 번째 단계도 제대로 끝마치지 못했다. 나는 화가 났지만 동시에 놀라움을 금치 못했다. 그때가 2학년 첫날이었다.

"좋아, 바닷가 소년, 훌륭하다!"

부 무스 선생님이 칭찬해주었다. 선생님은 린탕의 지적 능력을 시험해보고 싶은 유혹에 빠졌다.

"18 곱하기 14 곱하기 23 더하기 11 더하기 14 곱하기 16 곱하기 7!"

우리는 풀이 죽은 채, 당혹스러움을 감추지 못한 채, 홍역에 걸리기라도 한 것처럼 나뭇가지를 움켜잡았다. 7초도 되지 않아, 숫자 하나도 쓰지 않고, 주저하거나 서두르지도 않고, 눈 하나 깜박하지도 않고, 린탕은 큰 소리로 외쳤다.

"651,952!"

"대단해, 린탕! 정말 대단하구나! 보름달처럼 꽉 찼어! 그동안 어디 숨어 있다 이제 나타난 거니?"

부 무스 선생님은 기쁨을 참으려 무진장 애를 썼다. 선생님이 야단스럽게 웃는다고 해서 문제가 되지는 않았지만 선생님은 종교적 신념 때문에 그러지는 못했다. 대신, 대견하다는 듯 고개를 끄덕였다. 그리고 나서 린탕을 바라보았다. 마치 평생을 린탕 같은 학생을 찾아 헤매기라도 한 것처럼.

한편, 우리는 린탕이 어떻게 했는지 그 비법을 알아내느라 분주했다. 린탕은 이 모든 것을 쉽게 해냈다. 그 비결은 다음과 같았다.

"먼저 홀수 곱셈표를 공부해. 마음속으로. 복잡할 수 있어. 두 자릿수 곱셈 문제에서 마지막 자릿수는 남겨. 0으로 끝나는 숫자를 곱하는 게 훨씬 쉬워. 나머지는 나중에 해. 그리고 너무 많이 먹지 마. 그러면 너무 배가 부르니까. 배가 부르면 귀가 둔해지고 뇌가 느리게 움직여."

린탕의 충고에는 악의가 없었다. 하지만 만약 여러분이 그 말을 듣는다면, 린탕이 이제 막 2학년이 되었음에도 불구하고 집중력을 키우는 기술을 스스로 터득하고, 문제를 분석하고 해결함으로써 이미 *상당한 인지적 능력*을 갖추었다는 걸 알게 될 것이다. 그건 부인할 수 없는 사실이었다. 린탕의 우스꽝스러운 충고 뒤에는 뛰어난 논리가 숨어 있었던 것이다.

시간이 흐름에 따라 린탕은 스스로 공간적인 이해력이 매우 뛰어나다는 걸 알아차렸다. 린탕은 다차원적인 기하학에서 아주 뛰어났다. 서로 다른 각도에서 사물의 평면을 재빨리 그려냈다. 린탕은 유클리드 정리를 활용해 다각형 면적을 계산하는 법을 우리에게 가르쳐주었다. 사실 그것은 쉬운 문제가 아니다.

린탕은 똑똑할 뿐만 아니라 창조적이기도 했다. 사물을 기억하는 데 있어 자기만의 연상방법을 공식화하는 실험을 했다. 예를 들면, 린탕은 호흡기관, 소화기관, 인간의 움직임과 감각, 척추동물과 무척추동물 등 인체에 대한 자기 자신만의 형상을 고안해냈다.

그래서 우리가, 벌레가 어떻게 소변을 보느냐고 물어보면, 린탕은 미세융모의 움직임에 대해 정확하고 상세하게 설명해주었다. 그리고 나서, 이를 잡고 있는 원숭이처럼 편안하게, 벌레의 비뇨기관을 단세포 동물의 배설기관과 유추해 설명해주었다. 수축성 있는 소강에 대한 아주 복잡한 해부를 곁들여서 말이다. 만약 누군가 말을 중단시키지 않는다면, 외피의 기능, 보먼주머니,[8] 연수, 인간 배설기관의 말피기 소체에 대해 신나게 계속 설명할 것이다. 린탕은 자기만의 연상방법을 통해 전체 배설기관을 모기 잡는 것만큼이나 쉽게 터득했다.

린탕은 곽 하르판 교장선생님의 사무실 청소당번을 할 때마다 아주 신이 났다. 사무실에 들어가 교장선생님이 모아놓은 기하학, 생물학, 지리학, 시민론, 역사, 대수학은 물론이고 다양한 과목의 책을 읽었다. 린탕에게 교장선생님의 낡아빠진 사무실은 일종의 무기창고였다. 정보의 무기 말이다. 그곳은 린탕의 지칠 줄 모르는 지식에의 열망을 채워주었다. 어떤 책들은 네덜란드어와 영어로 적혀 있었다. 교장선생님은 린탕을 끈기 있게 가르쳐주었으며 때로는 책을 빌려주기도 했다.

린탕은 언제나 새로운 것을 배우는 데 사로잡혔다. 모든 정보

---

[8] 사구체를 에워싸는 신관(臀쑆)의 확장된 끝 부분. 사구체에서 혈구나 단백질 이외의 성분이 걸러져 요관으로 보내진다.

는 린탕이 언제든 불을 붙일 수 있는 지식의 도화선이었다.

다음 사건은 린탕이 악어 주술사 보뎅가 덕분에 목숨을 구한 바로 같은 날 일어났다.

"코란은 때로 신중하게 해석해야 할 장소를 알려줘."

부 무스 선생님이 이슬람 역사 수업시간에 설명해주었다. 이것은 무하마디아 학교에서 의무적으로 들어야 할 수업이었다. 이 수업에서 낙제를 하면 상급반으로 올라가는 건 꿈도 꿀 수 없었다.

"예를 들어, 페르시아 군이 오리엔트 지방을 정복했는데, 그때가 언제였냐면……."

"620년이요! 페르시아가 헤라클리우스의 제국을 정복했어요. 또한 메소포타미아, 시칠리아, 팔레스타인 반란의 위협을 받았어요. 또한 아바르족, 슬라브인과 아르메니아인의 공격을 받았어요."

린탕이 열심히 끼어들었다. 우리는 놀랐지만, 부 무스 선생님은 미소 지었다. 선생님은 수업이 중단되는 것을 개의치 않았다. 처음부터, 선생님은 사실 의도적으로 이런 종류의 분위기를 우리 교실에서 이끌어냈다. 학생들의 지식을 촉진시키는 것은 선생님에게 가장 중요한 일이었다. 우리는 모든 선생님이 이런 자질을 갖고 있는 건 아니라는 것을 나중에 살아가면서 깨달았다.

"그 오리엔트 지방은 ……."

"비잔티움! 콘스탄티노플의 옛 이름이에요. 콘스탄티누스 대제의 자랑스러운 도시지요. 7년 뒤 비잔티움은 독립을 되찾았어요. 코란에 그 독립이 나와요. 하지만 이슬람교도가 아닌 아랍인들은 거부했어요. 그런데 왜 오리엔트 지방이라고 불리는 거지요, 선생님?"

"천천히 해, 린탕. 나중에 중학교에 올라가면 좀 더 자세하게 배우게 될 거야."

"안 돼요, 선생님. 오늘 아침 저는 악어에게 잡아먹힐 뻔했단 말이에요. 기다릴 시간이 없어요. 전부 설명해주세요. 지금 당장요."

우리는 환호했다. 선생님은 '아나톨리아'란 그리스어로 '해 뜨는 곳', '동쪽 땅'이라는 뜻인데, 이 말을 라틴어로 옮기면 오늘날 서양에 대비되어 동양이라는 뜻으로 쓰이는 '오리엔트'가 되었다고 설명해주었다. 그 장소는 다름 아닌 로마제국의 동쪽에 위치한 비잔티움이었다. 우리는 놀라움을 금치 못했다. 아나톨리아나 비잔티움에 대해 알게 되었기 때문이 아니었다. 우리는 스스로에게 도전하는 린탕의 활력에 놀랐던 것이다. 린탕의 생각이 발전하는 걸 목격하는 건 행운이었다. 그리고 나중에 밝혀지겠지만, 만약 지식을 지닌 사람을 질투하지 않는다면, 누구든 그 계몽의 빛으로 물들 수 있다. 우둔함과 마찬가지로, 영리함은 전염된다.

"얘들아, 이 곱슬머리 바닷가 소년이 대답하는 유일한 사람이 되지 않도록 하자꾸나."

부 무스 선생님이 재촉했다.

그럴 때면 나는 대답하고 싶은 유혹을 느꼈다. 우물쭈물 주저주저하며, 확신이 서지 않았다. 난 틀린 답을 말할 때가 많았다. 하지만 린탕이 돈독한 우정으로 내 대답을 정정해주었다.

매일 밤 열심히 공부했지만 린탕을 따라잡을 수는 없었다. 내 성적은 평균보다는 조금 높았지만 린탕의 성적보다는 늘 낮았다. 나는 언제나 린탕의 그늘에 가려 있었다. 1학년 첫 학기 이래, 나는 연신 2등을 했다. 그것은 달 표면이 아기를 안고 있는 엄마의 모습처럼 보이는 것과 마찬가지로 변함이 없었다. 내 최대의 라이벌, 내 제1의 적은 내 친구이자 짝꿍이었다. 나는 린탕을 형제처럼 사랑했다.

신은 린탕에게 두뇌만 축복을 내린 게 아니었다. 아름다운 인성의 축복도 내려주었다. 우리가 어려운 과목을 공부하면 린탕은 인내심을 갖고 우리를 도와주었다. 그리고 언제나 우리를 격려해주었다. 린탕의 뛰어남은 주변의 누구도 위협하지 않았다. 린탕의 탁월함은 질투를 불러일으키지 않았다. 조금도 거만하게

11장 • 대단한 린탕!

비쳐지지 않았기 때문이었다. 우리는 린탕을 자랑스러워했다. 그리고 린탕을 겸손한 친구이자 뛰어나게 영리한 학생으로 생각했다. 가난한 린탕은 우리 반에서 가장 값진 진주이자 방연석[9]이었다. 아주 오랫동안 무시되어온 우리 학교에 신선한 바람을 불러일으키는 활력소였다. 린탕과 그의 정신은 서서히 우리의 새로운 생명력이 되었다. 린탕은 스스로 북을 치며 행진했다. 쭉쭉 뻗어나갔다. 린탕은 축복의 주문을 내리는 사람과도 같았다.

그때 우리 가슴을 요동치게 하는 소식이 들려왔다. 우리 학교가 섭정 관할구 수도인 탄중판단에서 열리는 퀴즈대회에 초대받았던 것이다. 그건 매해 열리는 매우 권위 있는 행사였다.

우리가 마지막으로 그 대회에 참가한 건 아주 오래전 일이었다. 지난 대회에 참가했던 경험으로 사람들은 우리 학교를 더욱 무시했다. 우리는 언제나 대패했다. 그래서 망신당하지 않으려고 절대 퀴즈대회에 나가지 않기로 했다.

이제, 린탕은 분명 그것을 바꿀 수 있었다. 설령 PN 학교와 공립학교에서 온 경쟁자들이 아주 뛰어나고 국가 수준 대회에서 승리를 거둔 적이 있었다 할지라도, 린탕은 우리에게 자신감을

---

9 납의 광물인 방연석은 '조화의 돌'이라는 별명이 있다. 모든 수준에서 균형을 가져오고, 육체적 영역과 영적인 영역들을 잘 조화시킨다고 여겨지고 있다.

심어주었다. 린탕이 그들에게 패배를 안겨줄 수 있을까? 린탕의 말라빠진 몸이 우리의 무너져가는 학교를 일으켜 세울 수 있을까? 내년에는 신입생을 받지 못할지도 모르는 학교를 위해서 말이다.

린탕은 부지런히 공부하는 것 말고는 선택의 여지가 없었다. 그 결과, 5학년 첫 번째 학기 성적표는 정말 환상적이었다. 종교학, 코란, 이슬람 법률, 이슬람 역사, 지리학에서부터 영어까지 9라는 숫자가 성적표를 가득 채웠다. 수학과 다른 과목들(기하학과 자연과학)에서는 부 무스 선생님이 완벽한 점수를 주었다. 10점.

린탕의 성적표에서 가장 낮은 점수는 6점이었는데, 그것은 미술이었다. 아무리 열심히 노력하고, 머리를 쥐어짜냈지만 8점을 얻을 수 없었다. 7점도. 그 이유는 피골이 상접한 몸에 잘생긴 얼굴을 하고 구석에 앉아 있는 괴짜 어린 소년과 경쟁이 안되었기 때문이었다. 이 매혹적인 소년은 바로 트라파니의 짝꿍이었다. 이 아이는 미술에서 언제나 8점을 받았다. 언제나 장난기 어린 미소를 띠고 있는 이 아이의 이름은 마하르였다.

음치

청록색 줄무늬의 매혹적인 열대지방 검정 나비 '블루메이 제비나비'가 필리시움 나뭇잎에 찾아들었다. 잠시 뒤, 두 종류의 노르스름한 나비들이 날아들었다. 이름도 비슷한 이 두 나비의 차이는 전문가밖에 알 수 없다. 라틴어 학명은 각각 *Colias crocea*, *Colias myrmidone*인데, 전문가가 아닌 사람에게는 모두 똑같이 흠잡을 데 없이 아름답다. 그 우아한 이름만으로도 알 수 있다.

공격적이고 과시적인 기질의 자그마한 새들과는 달리, 이 소리 없는 생명체는 수명이 짧고 자신의 아름다움을 전혀 알지 못했다. 수백 마리가 있다 해도, 그 퍼덕거리는 날개와 그 달콤한 입은 조용했다. 나비들은 배회하는 듯하면서도 에덴동산보다 훨씬 더 놀라운 광경을 연출했다. 나비를 보고 있노라면 마치 내가 한 편의 시를 쓰고 있는 것 같은 느낌이 들었다.

이 나비들은 조화롭게 움직였는데, 마치 각기 다른 종교의 하늘에서 온 천사들의 위대한 만남 같았다. 나비를 조심스럽게 관찰하면 모든 움직임이, 제아무리 사소한 것이라 할지라도, 조화의 심장박동에 따라 움직인다는 걸 알 수 있다. 나비는 타고난 지휘자로서의 자질을 지닌 색채의 오케스트라였다.

하지만 그날 오후, 하늘에서 온 나비만이 유일한 화음을 내는 건 아니었다. 들어보라.

"……내 깃발아 나부껴라……"

"……강인하고, 불굴의 상징……"

"……흔들어라! 행진하라! 행진하라!"

아 키옹은 〈깃발아 나부껴라〉를 '노래하고' 있었다. 마치 자기가 훈련 담당 중사라도 되는 듯했다. 귀가 아플 지경이었다.

아 키옹은 노래를 부르는 중에 창밖을 응시하며 나지막한 필리시움 나뭇가지에 걸쳐 있는 호박덩굴에 초점을 맞추었다. 우리는 안중에도 없었다. 관객을 철저히 무시했다.

아 키옹의 귀는 자기 목소리를 전혀 못 듣는 것 같았다. 줄무늬 날개의 자그마한 날개부채새가 노란 등의 암컷 벌레 위에서 야단법석 시끄럽게 윙윙거리며 지저귀는 소리에 사로잡혀 있었다. 자기 목소리의 음역에는 신경조차 쓰지 않았다. 잘 부르려고 하지도 않았다. 음계의 기본도 무시해버렸다.

공평하게, 우리도 아 키옹에게 관심을 두지 않았다. 린탕은 피타고라스 정리에 몰두했다. 하룬은 잠에 빠져 코까지 곯았다. 삼손은 집을 들어 올리는 한 남자를 그렸다. 사하라는 십자수에 필기체 아라비아 상징을 꾸미느라 정신이 없었다. 그 상징은 *"진리를 말하라, 제아무리 쓰리다 할지라도."* 라는 뜻이었다. 트라파니는 자기 엄마 손수건을 접었다 폈다 했다. 사흐단, 쿠카이, 그리고 나는 PN 학교 아이들의 교복에 대해, 그리고 코란 선생님의 자전거를 반탄 나무 가지에 걸어둘 계획을 떠들어대느라 여념이 없었다. 오직 마하르만 아 키옹의 노래를 열심히 들었다.

부 무스 선생님은 손으로 얼굴을 가린 채 아 키옹의 청승맞은 노랫소리를 들으며 웃음을 참느라 무진 애를 썼다.

아 키옹의 노래가 끝났다. 선생님은 나를 바라보았다. 이제 내가 노래 부를 차례였다.

언제나 〈거위 목을 자르자〉는 노래만 불러서 선생님한테 꾸중을 들은 뒤였기에, 이번에 나는 새로운 노래를 부르기로 작정했다. 그건 시만준탁의 〈인도네시아여, 영원히 자유로워라〉였다. 내가 노래를 시작하자, 사하라가 십자수에서 고개를 들어 나를 빤히 쳐다보았다. 사하라는 노골적으로 혐오감을 나타냈다. 나는 사하라를 못 본 체하고 씩씩하게 노래를 불렀다.

"······즐거운 환호······ 우리 모두를 위한 기쁨······"

"······우리나라는 해방되었네······ 인도네시아는 자유롭다네······"

하지만 나는 옥타브와 옥타브를 건너뛰며 노래를 불렀다. 통제가 안되었다. 영 엉망이었다. 나는 화성을 무시했다.

부 무스 선생님은 웃음을 참지 못했다. 조용히 웃으며 몸을 흔드느라 눈물이 다 찔끔 새어나왔다. 나는 목소리가 잘 나오게 하려고 열심히 노력했지만, 신경 쓰면 쓸수록, 목소리는 점점 더 괴상해졌다. 이런 걸 바로 재능이 없다고 말하는 거다.

나는 노래를 끝까지 부르려 고군분투했다. 반 아이들은 내 고통에 아무런 동정도 하지 않았다. 아이들 또한 한낮의 열기 속에서 졸리고, 배고프고, 목마른 고통을 받고 있었다. 아이들의 영혼은 내 노래 때문에 더욱 짓눌리고 있었다.

부 무스 선생님이 나를 구원해주었다. 그 위대한 노래가 끝나기도 전에 서둘러 그만하라고 했으니까. 선생님은 삼손을 바라보았다.

삼손은 〈강력하고, 확고하게, 강철로 몸을 감싼〉이라는 제목의 노래를 선택했다. 이것 역시 시만준탁의 노래였다. 이 노래는 삼손의 큰 덩치와 아주 잘 들어맞는 노래였다. 삼손은 귀청이 찢어질 듯 큰 목소리로 노래를 불렀다. 몸을 약간 굽히고, 탁탁 발장단도 맞추었다.

"……강력하고, 확고하게, 강철 옷을 입고!"

"……영혼의 사슬을 단단히 묶고!"

"……인도네시아의 고결한 요새!"

하지만 삼손 또한 화성이라는 개념을 전혀 알지 못했다. 삼손은 사랑스러운 이 노래를 우리가 알아들을 수 없는 노래로 제멋대로 바꾸어버렸다. 삼손은 시만준탁을 무시했다.

첫 번째 절을 끝마치기도 전에, 부 무스 선생님은 삼손한테 자리로 돌아가라고 말했다. 삼손은 얼어붙었다. 자기 귀를 믿을 수 없었으니까.

"왜요, 선생님?"

이것은 사람들이 흔히 말하는 재능 없음 더하기 망각이다.

간략히 말하자면, 노래 부르기는 우리 교실에서 최고로 가망 없는 과목이었다. 누구도 노래를 제대로 부르는 아이가 없었다. 때문에, 부 무스 선생님은 음악수업을 마지막 수업으로 정했다. 낮기도 시간이 되기 전, 기다리는 시간을 때우기 위해서였다. 그러므로 음악수업은 학교수업이 다 끝났다는 뜻이었다.

"기도시간이 되려면 아직 5분 남았어. 음. 한 사람 더 부를 시간이 있겠는걸."

선생님이 말했다. 우리는 이 말에 무덤덤했다. 나른한 오후였다. 다시 줄무늬 날개의 날개부채새가 교실 창턱에 앉아 큰 소리로 날카롭게 울어댔다. 때문에 꼬르륵꼬르륵 배고픔에 지친 아이들은 현기증마저 났다.
"어디 보자……, 다음 차례는 누구지?"
선생님은 곰곰 생각하더니 마하르를 호명했다.
"앞으로 나올래? 기도시간이 되기 전까지 노래를 불러봐."
선생님은 반 학생의 또 다른 우스꽝스러운 공연을 기다리며 미소 지었다.
그때까지, 우리는 마하르가 노래 부르는 걸 들어본 적이 없었다. 마하르의 차례가 올 때마다 기도시간을 알리는 소리가 들려왔고, 그래서 마하르는 노래 부를 기회가 그때까지 한 번도 없었기 때문이었다. 우리는 마하르가 자리에서 일어날 때 전혀 관심을 기울이지 않았다. 마하르는 등나무 가방을 어깨에 메고는 이미 집에 갈 채비를 하고 있었다.
마하르는 앞에 나오기는 했지만 곧장 노래를 부르지는 않고 우리를 한 명 한 명 쳐다보았다. 우리는 그 뜻밖의 행동이 의아했다. 한참을 그렇게 있었다. 꽤나 의미심장했다. 이윽고 부 무스 선생님을 향해 미소를 살짝 보이더니 고개를 끄덕였다. 잠시 뒤, 마하르는 기도하는 사람처럼 양팔을 가슴 쪽으로 끌어당겼다. 우리는 마하르의 손등이 기름으로 얼룩진 걸 알아차리고는 애처

로웠다. 마하르의 손가락은 상처투성이였고 손톱은 엉망이었다. 2학년 때부터, 마하르는 방과 후에 중국 청과물 상점에서 코코넛 가는 일을 했다. 해가 질 때까지, 코코넛 찌꺼기를 연신 주물렀다. 때문에 손은 항상 기름투성이였다. 강판의 날카로운 칼날이 후다닥 돌아가서 손가락 끝을 자주 베여 손톱이 엉망이었다. 시커먼 연기를 내뿜는 강판은 어른들이 핸들을 잡아당겨 작동시켰다. 그 소리는 귀에 거슬렀다. 박탈, 근면, 선택의 여지가 없는 가난한 삶의 소리였다. 마하르는 가족을 부양하기 위해 일을 할 수밖에 없었다. 아버지는 벌써 돌아가셨고, 어머니는 큰 병을 앓고 있었다.

"사랑에 관한 노래를 부를게요, 선생님. 정확히 말하면 괴로움에 몸부림치는 사랑……."

세상에! 우리는 한 번도 그렇게 서두를 꺼낸 적이 없었다. 그런 주제의 노래는 불러본 적도 없었다. 우리는 흔히 세 가지 유형의 노래를 불렀다. 민족주의적인 노래, 아라비아어의 종교적인 노래, 그리고 아이들 노래.

저 잘생긴 녀석이 도대체 어떤 노래를 부르겠다는 거야?

우리 모두 마하르를 쳐다보았다. 사하라는 십자수에서 손을 뗐다. 하룬은 자리에서 벌떡 일어섰다.

"이 노래는 상심한 누군가의 이야기를 들려줍니다. 사랑하는 애인을 친한 친구한테 빼앗긴······."

그는 조용히 창밖을 응시했다. 떠다니는 구름 너머로. 사랑은 정말 잔인하다. 부 무스 선생님은 난처한 표정으로 마하르를 응시했다. 우리는 호기심이 일었다. 선생님은 시를 몇 구절 인용하며 마하르에게 노래를 청했다.

"벌판으로 난 이 길은 구불구불
소나무 숲으로는 지나쳐 가지 마요
당신의 노래를 불러요
내가 당신의 슬픔을 알 수 있게."

마하르는 입술을 깨물고 낯을 찡그리며 미소를 보냈다.
"감사합니다, 선생님."
마하르는 준비되었다. 우리는 긴장감 속에서 기다렸다. 그가 등으로 만든 가방을 열고 악기를 꺼냈을 때 우리는 한 방 먹었다. 그건 우쿨렐레[10]였다! 정적이 감돌았다. 천천히, 마하르는 조심스레 우쿨렐레를 살짝 튕겼다. 그렇게 침묵을 깼다. 저 멀리 우르르 쾅쾅 치는 천둥처럼. 마하르는 우쿨렐레를 슬픈 표정으로 껴

---

10 기타 비슷한 소형의 사현(四絃) 악기.

안았다. 눈을 감고, 얼굴에 잔뜩 감정을 잡았다. 감정을 주체하느라 낯빛이 창백했다. 이윽고 달콤한 전주곡에 이어 미끄러지듯 가사를 읊조렸다. 느린 템포로. 고뇌에 찬 느낌이 전해졌다. 하지만 마하르는 안단테 마에스토소(andante maestoso)를 멋지게 노래했다. 어찌나 아름다운지 이루 말로 표현할 수가 없었다.

"나는 내 사랑과 함께 테네시 왈츠를 추었다네

그때 옛 친구를 우연히 보게 되었지……

내 사랑을 내 친구에게 소개시켜주었고, 둘이 춤추는 동안……

내 친구는 나한테서 내 애인을 빼앗아갔지."

우리는 너무 놀라 숨이 턱 막힐 지경이었다. 그 노래는 앤 머레이가 쓴 그 유명한 〈테네시 왈츠〉였다.

목소리의 바이브레이션은 흠잡을 데 없고, 노래에 대한 탁월한 이해는 믿을 수 없을 만큼 완벽했다. 실제 사랑하는 애인을 잃어 끔찍한 고통을 겪은 경험이 있는 것 같았다. 리드미컬한 우쿨렐레는 분위기를 더욱더 로맨틱하게 만들었다.

절에서 절로 이어진 노래는 학교의 낡은 나무 벽을 타고 흘러가 자그마한 용설란 잎 위에 내려앉았다. 마치 엉겅퀴 초승달 나비처럼. 그리고 나서 옅은 구름 아래에서 북쪽으로 흘러갔다. 마하르의 우수에 찬 목소리는 우리 가슴 깊은 곳으로 뚫고 들어왔다. 우리가 무엇을 하고 있었던 간에, 우리는 꼼짝없이 얼어붙었다. 우리는 이 잘생긴 어린 녀석에게서 뿜어져 나오는 아우라에 푹 빠졌다. 입으로 부르는 것이 아니라 가슴으로 부르는 녀석. 노래를 위대한 심포니로 바꾸어놓은 녀석. 잠이 확 달아나고, 배고픔과 갈증도 싹 가셨다. 심지어 노란 등 벌레들과 그의 친구들, 줄무늬 날개의 날개부채새조차도 재잘거림을 멈추고 마하르의 노래를 귀담아들었다.

마하르는 노래를 끝냈다. 목소리는 희미하게 사라지고 눈물이 방울방울 맺혔다.

> "나는 내 어린 사랑하는 사람을 잃었다네
>
> 그들이 놀던 그 밤
>
> 그 아름다운 테네시 왈츠."

우리는 자리에서 일어나 박수갈채를 보냈다. 적어도 5분 동안 이어졌을 것이다. 부 무스 선생님은 눈에 고이는 눈물을 참으려 무진 애를 썼다. 7월의 한낮, 건기가 정점에 달했을 때, 수업을 마치고 집에 가기 전, 기도시간을 기다리는 동안, 가난한 무하마디아 학교에 위대한 예술가가 탄생했다.

몽상가

앤 머레이의 노래 공연을 직접 보고 나서야 우리는 마하르가 어떤 아이인지 알게 되었다. 그동안, 마하르는 자신감 없이 행동하며 괴짜처럼 옷을 입고, 엉뚱한 말을 하고 괴팍한 생각을 했다. 이런 개성이 마하르의 예술적인 재능을 반영한 것임을 미처 알지 못했다. 그냥 괴팍하고 보헤미안 같은 아이로 여겼다. 마하르에 대한 우리의 경험은 타인의 장점이 아닌 단점에 초점을 맞추는 인간의 성향을 보여주는 단면이다.

우리는 이제 마하르가 우리 학교라는 배에 균형을 잡아줄 거라는 걸 깨달았다. 우리 학교는 린탕의 왼쪽 뇌의 끌어당김으로 인해 왼쪽으로 기울어져 있었다. 린탕의 왼쪽 뇌와 마하르의 끓어 넘치는 오른쪽 뇌가 결합해 우리 교실에 예술적이고 지적인

한 쌍의 골대를 만들어냈다. 그리고 이런 골대가 있어 우리는 따분할 틈이 없었다.

린탕은 아주 합리적인 아이였다. 반면 마하르는 몽상가였다. 마하르는 무엇에든 쉽게 고무되었다. 린탕과 마찬가지로, 마하르도 진짜 천재였다. 단지 유형만 다를 뿐이었다. 대부분의 사람들은 이런 유형의 천재를 쉽게 이해하지 못한다. 이런 사람들은 평범한 사람들의 기준으로는 '지적인 사람'으로 간주되는 경우가 매우 드물다.

린탕과 마하르는 어린 아이작 뉴턴과 살바도르 달리 같았다. 서로 놀리며 서로의 매혹적인 두뇌의 능력과 괴팍함을 드러냈다. 둘 모두 창의력과 독창적인 경이로움이 가득했다. 린탕과 마하르가 서로 대각선으로 앉았기에, 우리는 마치 탁구경기를 관람하는 것처럼 왼쪽과 오른쪽을, 앞과 뒤를 교대로 바라보곤 했다. 둘 사이에 낀 샌드위치처럼 말이다. 우리는 계란을 똑바로 세우라는 콜럼버스의 도전을 받은 바보 같았다. 둘이 없다면, 우리는 세 줄짜리 종이 위에 필기체로 쓰는 법을 배우려고 줄기차게 애쓰는 한 무리의 버려진 광부의 자식들에 불과했다.

한번은 쉬는 시간에, 린탕이 일어나 교실 앞에서 사고야자잎으로 배를 만드는 계획을 상세히 설명했다. 배는 모터에 연결된 프로펠러로 움직였다. 모터는 테이프 녹음기에서 빼냈다. 건전지 두 개로 움직이는 배였다. 린탕은 테이프 녹음기 모터가 배를 끌 수 있도록 수리하며 수학적 계산을 했다. 그리고 우리에게 수역학(水力學)의 기초적인 법칙을 설명해주었다. 린탕은 배의 속도를 추정해낼 수 있었다. 나는 자그마한 사고야자잎 배가 양동이 안에서 빙글빙글 도는 것을 보고는 넋을 잃고 말았다.

또 언젠가 한번은 린탕이 우리에게 연 문양과 연싸움에서 이길 수 있도록 유리를 먹인 연줄을 보여주었다. 정말 놀라운 것은, 린탕이 수많은 기술적인 스케치와 기초적인 계획을 짠 것이었다. 여기에는 무거운 물건을 강바닥에서 들어 올리는 아이디어, 건축법칙을 파괴하는 기괴한 건축계획, 그리고 가장 중요한 인간이 날 수 있게 하는 계획이 들어 있었다. 린탕은 이 실현 불가능할 것 같은 아이디어를 구현할 수 있을 만큼의 수학적인 법칙을 아직 충분히 알지 못했다.

린탕의 독무대에 뒤이어 마하르가 무대를 이어받았다.

마하르는 마치 왕이 허락하면 노래를 부르려는 궁정 어릿광대라도 되는 양 머리를 정중하게 숙였다. 그러고는 탄중케라양 해변의 하얀 새에 관한 시를 달콤하게 낭송했다. 졸부가 된 말레이인들에 관한 패러디도 들려주었다. 그리고 그 신기한 우쿨렐레도 연주했다. 그 소리에 우리는 달콤한 잠에 빠질 수도 있었다.

둘 다 믿어지지 않을 정도로 아는 게 많았다. 우리는 둘 모두에게 끊임없이 질문을 퍼부었다. 린탕은 팍 하르판 교장선생님이 모은 책에서 지식을 얻었다. 마하르는 예술적인 통찰력이 있었을 뿐만 아니라 지역 라디오 방송을 자주 들어서 음악도 잘 알았다.

마하르는 상상력이 워낙 풍부해서 하루하루 터무니없는 전설, 초자연적인 냄새를 풍기는 모든 것에 대해 더욱 열렬한 팬이 되어갔다. 누군가 마하르에게 고대 이야기와 벨리퉁의 신화를 물으면, 그는 남중국해의 용에 관한 동화에서부터 언젠가 우리 섬을 지배했다고 여기는 원숭이 꼬리 왕 이야기에 이르기까지 전부 이야기해줄 것이다.

한편, 마하르는 이소룡에 푹 빠져 있었다. 마하르네 집 벽에는 다양한 포즈의 쿵푸의 달인 사진이 도배되어 있다. 부 무스 선생님에게 이소룡의 가장 유명한 포스터를 교실 벽에 걸게 해달라고 여러 번 졸라대기도 했다. 그건 분노에 가득 차 이글거리는 눈에, 쌍절곤을 휘두르는 사진이었다. 얼굴에는 상처가 세 군데 나 있었는데, 적이 얼굴을 할퀴었기 때문에 생긴 거였다. 부 무스 선생님은 언제나 그 터무니없는 요구를 거절했다.

마하르는 외계인이 존재할 뿐만 아니라 외계인이 언젠가 벨리

13장 • 몽상가

통 섬에 내려올 거라고 굳게 믿었다. PN 병원에서 백신을 주는 남자 위생병, 또는 학교 수위, 또는 알-히크마 사원의 무예진,[11] 혹은 축구 심판으로 변신해서 말이다. 이따금, 마하르는 매우 바보스러울 때도 있었다. 예를 들어, 자신을 국제 불가사의협회 의장이라고 생각했다. 어저귀 잎을 무기로 사용해 외계인에 맞선 인간의 싸움을 이끄는 지도자 말이다.

어느 날 저녁, 하루 종일 억수같이 비가 퍼붓더니 아름다운 무지개가 서쪽 하늘에 펼쳐졌다. 일곱 색깔의 완벽한 반원이 멋지게 빛났다.

무지개 오른쪽 끝은 겐팅 삼각주에서 시작되었다. 반짝이는 카펫 같았다. 왼쪽 끝은 셀루마 산언덕의 울창한 소나무 숲에 꽂혔다. 무지개의 곡선은 형형색색의 전통의상 케바야를 입고 수줍은 듯 자신의 아름다움을 숨기려 저 멀리 호수로 뛰어드는 수백만 명의 소녀들을 닮았다.

우리는 재빨리 필리시움 나무로 우르르 몰려가, 각자의 나뭇가지를 차지했다. 비가 내리고 나면 우리는 늘 나무 위에 올라가

---

[11] 사원 첨탑에서 큰 소리로 기도 시간을 알리는 사람.

무지개를 바라보았다. 이런 습관 때문에, 부 무스 선생님은 우리에게 *무지개 분대*(Laskar Pelangi)라는 별명을 붙여주었다. 라스카는 전사를, 펠랑기는 무지개를 뜻하는 말이다. 그래서 문자 그대로, 무지개 분대였다.

우리는 이 고목나무에서 동부 벨리퉁을 가로질러 휩쓸고 있는 마법과도 같은 파노라마에 대해 각자 나름대로 가정을 하며 다투었다. 야단법석 한바탕 소동에 휩싸였다. 여러 가지 버전의 이야기들이 논쟁의 도구가 되었다. 물론, 가장 흥미로운 버전은 마하르로부터 나왔다. 우리는 마하르를 다그쳐 이야기해보라고 졸라댔다. 마하르는 처음에는 수줍은 듯 주저주저했다. 눈빛은 이런 뜻을 함축했다.

이건 정말 위험한 이야기라고! 너희 모두 이 비밀을 지켜내지 못할걸!

마하르는 말없이 가만히 있었다. 잠시 곰곰 생각하더니 이야기를 꺼냈다. 그런데 그건 우리의 간청 때문이 아니라 과시하고 싶은 자기 자신의 주체할 수 없는 욕망 때문이었다.

"너희 그거 알아?"

마하르가 저 먼 곳을 바라보며 물었다.

"무지개는 사실 시간 터널이라고!"

우리는 아무 말도 하지 않았다. 분위기는 가라앉았다. 마하르의 상상력에 할 말을 잃었다.

"무지개를 지나면, 우리의 고대 벨리퉁 조상들과 사왕족의 선조들을 만날 수 있어."

마하르는 이내 후회하는 표정이었다. 마치 이제 막 7대에 걸쳐 지켜온 은밀하고 어두운 가족의 비밀을 폭로해버리기라도 한 것처럼. 마하르는 다급한 목소리로 말을 이어갔다.

"너희들은 원시 벨리퉁 사람들이나 사왕족의 조상을 만나고 싶지는 않겠지."

마하르는 아주 진지하게 우리의 호기심을 불러일으켰다.

"왜 안 되는데, 마하르?"

아 키옹이 두려운 듯 물었다.

"왜냐하면 그들은 식인 종족이었거든!"

아 키옹은 손으로 자기 입을 틀어막은 채 그대로 얼어버렸다. 그러다 하마터면 나뭇가지 위에서 떨어질 뻔했다. 아 키옹은 1학년 때부터 줄곧 마하르를 졸졸 따라다녔다. 마하르의 말이라면 무엇이든 진심으로 믿었다. 마하르를 스승이자 정신적 조언자로 간주했다. 둘은 나중에 바보클럽 교파에 자발적으로 가입했다.

린탕은 마하르의 등을 툭 치며 이 놀라운 이야기를 높이 쳐주었다. 하지만 싱글싱글거리며 애써 웃음을 감추었다. 우리는 무지개의 웅장함에 연신 감탄하고 있었다. 이번에는 아무런 다툼도 없었다. 우리는 해가 질 때까지 그렇게 조용히 침묵 속에 앉아 있었다.

말레이 가옥의 높은 기둥 사이로 *저녁기도*를 알리는 소리가 사원에서 사원으로 울려 퍼졌다. 시간 터널은 어둠 속으로 사라져 버렸다. 우리는 기도시간을 알리는 외침이 들리는 동안에는 침묵하라고 배웠다.

"조용히 가슴 깊이 들어라. 영광의 외침을."

우리 부모들은 그렇게 가르쳤다.

말레이인들은 일반적으로 단순하다. *저녁기도*가 끝난 뒤, 사원에서 코란 교사와 연장자들로부터 삶의 지혜를 배운다. 그 지혜는 예언자들, 전설적 영웅 항 투아 이야기, 그리고 연작시 「구린담 *gurindam*」에서 나온 것이다. 우리는 역사가 긴 종족이다. 우리 종족에 대한 다양한 정의를 들어왔는데, 어떤 전문가들은 벨리퉁 말레이인들은 말레이인이 아니라고 말하기도 한다.

우리가 이런 의견에 동의하지 않는 데에는 두 가지 이유가 있다. 벨리퉁 사람들은 이런 주장을 이해하지 못한다. 우리에게, 벨리퉁에서부터 말레이시아에 이르기까지 바닷가 사람들은 모두 말레이인이다. 이것은 반도 억양에 대한 집착, 탬버린을 두드리는 것과 운율이 같다는 것을 보면 알 수 있다. 다시 말해 우리의 정체성은 언어, 피부색, 신념체계 혹은 골격의 구조에 기초하지 않는다. 우리는 평등주의적인 종족이다.

나는 마하르의 이야기를 곰곰 생각해보았다. 시간 터널에 빠져 있는 것보다 더, 나는 벨리퉁의 고대인들에 대한 부분에 매료되었다.

지난 주 사운드 시스템을 수리했을 때, 우리는 '마법의 뉴에이지 물건'이라고 불리는 케이블을 보기 위해 사원에 갔다. 사원에 있는 동안, 나이가 일흔 살인 무예진이 우리에게 깜짝 놀랄 만한 이야기를 들려주었다.

유목민으로 살았던 그의 증조할아버지에 관한 이야기였다. 벨리퉁의 바닷가를 배회하던 유목민들은 나무껍질로 몸을 가리고 동물을 작살로 잡아먹거나 나무뿌리로 덫을 만들어 잡아먹었다. 포식 동물들로부터 공격당하지 않기 위해 상티기 나뭇가지 위에서 잠을 잤다. 보름달이 떠 있는 동안, 불꽃을 피우고 하늘의 달과 별을 숭배했단다. 우리의 공동체가 원시문화에 얼마나 가까운지 생각하니 소름이 돋았다.

"우리는 아주 오랫동안 사왕족과 동맹을 맺어왔어. 사왕족은 배 안에 살며, 이 섬에서 저 섬으로 항해하는 노련한 뱃사공들이었단다. 우리 조상들은 발록 만에서 애기 사슴, 라탄 열매, 빈랑

나무 열매, 송진을 사왕족 여인네들이 만든 소금과 교환했지."

무예진이 우리에게 알려주었다.

수족관에 사는 물고기처럼, 우리는 물에 대해서는 까맣게 잊었다. 사왕족과 어깨를 맞대고 오랫동안 살아왔기에, 그들이 실제로 인류학적 현상이라는 데 대해 전혀 몰랐다. 중국인들처럼, 사왕족은 우리 유산에서 중요한 부분을 차지했다.

말레이인과는 별개로, 중국인들과는 별개로, 사왕족은 외모가 완전 딴판이다. 사왕족은 호주의 토착 원주민처럼 생겼다. 까무잡잡한 피부, 다부진 턱, 그윽한 눈, 좁은 이마, 튜턴족과 같은 두개골 구조와 빗자루 같은 머리카락.

PN은 사왕족 남자들을 일꾼으로 고용해 세척장 항구에 정박한 배로 주석 포대를 운반하도록 했다. 그러면 배는 방카 섬에 있는 용해 공장으로 주석을 싣고 갔다. 여자들은 주석 포대 짜는 일을 했다. 사왕족 남자와 여자들은 벨리퉁의 노동자 중에서 가장 낮은 계층이었지만 이들은 행복했다. 매주 월요일마다 임금을 받기 때문이었다. 하지만 그 돈이 수요일까지 남아날 거라고 장담할 수는 없었다. 사왕족의 피에서는 절약이란 한 방울도 흐르지 않았다. 마치 내일이 없기라도 한 것처럼 돈을 썼고, 영원히 살 것처럼 돈을 빌려댔다.

이런 돈 관리 문제 때문에, 사왕족은 흔히 부정적인 고정관념의 희생양이 되었다. 말레이인 다수와 중국인 공동체에서 나쁜 일은 모두 의심의 여지없이, 사왕족과 연관 지었다. 사왕족을 폄하하려는 이런 시도는 자기 일자리를 잃을까 두려워하는 말레이인과 중국 소수민족의 특성이 반영된 것이다. 스스로 힘든 일을 하는 걸 꺼렸기 때문이다. 역사는 사왕족이 단합된 종족이라는 것을, 그들 자신의 공동체 내에서 배타적으로 살아가고, 다른 사람들의 비즈니스에는 코를 들이박지 않고, 높은 노동윤리를 보여준다는 것을 보여주었다. 그보다 더한 것은, 사왕족은 자기가 진 빚에서 결코 도망치지 않았다는 거였다.

사왕족은 기꺼이 힘든 일을 했다. 사왕족에게 삶은 일주일에 한 번 자신들에게 임금을 지불하는 현장감독, 그리고 다른 종족은 하지 않으려는 중노동으로 이루어져 있었다. 사왕족은 권력의 격차라는 개념을 알지 못했는데, 그 이유는 사왕족의 문화에는 위계가 없기 때문이었다. 사왕족의 문화를 이해하지 못하는 사람들은 이들을 예의 없는 사람이라고 생각할지도 모른다. 사왕족 중에서 유일하게 지위가 높은 사람은 종족의 수장이었다. 수장은 보통 주술사였고, 그 지위는 세습되지 않는다.

PN은 사왕족을 따로 정해진 길쭉한 집에 살게 했다. 가족들도 거기에서 함께 살았다. 사왕족의 시조에 대한 정확한 기록은 남아 있지 않다. 사왕족이 인류학자들에게는 알려지지 않았을 가능성이 크다. 출산율이 저조하고 사망률이 아주 높다는 것, 그래서 순수한 혈통의 사왕족은 아주 조금밖에 남아 있지 않다는 것을 정책 결정자들이 알고나 있을까? 사왕족의 아름다운 언어가 시간의 물결을 거치며 사라지게 되는 건 아닐까?

어머니를 위한 성적표

굵직한 검정 로프가 갈색 파도가 일렁이는 수면 위에 아치 모양으로 걸려 있다. 로프의 한쪽 끝은 부러지기 쉬운 고무나무 고목에 매달려 있는데, 그 고무나무는 흘러가는 강 한가운데 팔처럼 뻗어 있었다. 로프를 그 나무에 던져놓은 건 삼손이었다.

강가에서 강 한가운데 서 있는 고무나무 가지까지는 약 17미터 정도였다. 그건 강폭이 대충 30미터라는 뜻이다. 오직 신만이 강의 깊이를 알고 있었다. 출발지점에서부터 바다 끝까지 강물의 흐름은 빠르고 거셌는데, 벨리퉁의 강은 대부분 그랬다. 물의 표면은 눈부신 햇빛 아래 반짝였다.

강가에 자리 잡고 있던 창백한 표정의 아 키옹은 로프의 다른 쪽 끝을 붙잡고는 고무나무 맞은편에 있는 케팡나무 위에 올라갔다. 그러고는 로프로 자기 몸을 나뭇가지에 단단히 묶었다.

몸이 떨렸다. 나는 로프를 잡고 앞으로 나아갔다. 한 손 한 손 움직이며 고무나무를 향해. 로프는 조금 미끄러웠다. 나는 훈련병처럼 아슬아슬 로프에 매달렸다. 간혹 다리가 로프에서 미끄러져 빠르게 흘러가는 강물 위에 닿을락 말락 했다. 그럴 때면 피가 얼어붙는 것 같았다. 시커먼 물 위에 비친 내 그림자가 어렴풋이 보였다. 만약 로프에서 떨어지면, 나는 50킬로미터나 떨어진 링강 다리 근처 맹그로브 나무 뿌리 사이에 처박힌 채 발견될 것이다.

이처럼 피나는 노력(말이 났으니 말인데, 이것은 내 부모님의 소망과는 반대되는 것이었다.)을 하는 이유는 *타락(tarak)* 지대에서 고무 열매를 따와 우리의 내기 가치를 드높이기 위한 것이었다. 어쩌면 이런 바보 같은 행동은 신비한 고무 열매의 비밀을 밝혀보려는 우리의 억누를 수 없는 호기심이 낳은 결과였을 것이다.

고무 열매 껍질이 얼마나 단단한지는 그 생김새와 색을 통해서는 알 수 없었다. 이것은 아주 신비한 것이었다. 여기에 고대의 매력과 전설적인 타락 게임이 있다. 한 가지 비밀의 열쇠가 있는데, 바로 가장 딱딱한 열매를 품은 고무나무는 언제나 가장 깊은 숲 속에 있다는 것이다. 단단한 열매를 얻으려면 정말로 특별한 노력, 아니면 대담하거나 어리석은 결심이 필요했다.

타락 게임은 고무 열매 두 개를 쌓아놓고 손바닥으로 그것을 내리치는 거다. 열매가 깨지지 않는 사람이 이기는 거다. 타락은 우리 마을에서 우기를 시작하는 게임이었다. 하늘에서 비가 쏟아져 내릴 때 하는 더욱더 흥미진지한 게임을 위한 준비운동이었다.

비가 마을에 세차게 퍼부어대기 시작하면, 타락 게임의 분위기는 서서히 식어간다. 더 이상 타락 게임을 하지 않으면 그건 이미 9월의 끝이 되었다는 뜻이다.(이것은 자연의 징표를 읽어가는 원시적이고 투박한 방법이다.) 이제 사람들은 모두 우울해진다. 9월 이후, 10월, 11월, 12월까지. 하지만 아이들은 예외였다.

9월 이후의 1년의 마지막 달들이 가져오는 슬픔은 어른들 몫이었다. 우리에게, 1년의 끝은 아주 재미난 일을 제공해주었다. 그리고 우리 각자에게는 각자의 이야기가 있었다. 독자 여러분, 나는 그 이야기를 들려주고자 한다. 하나씩 하나씩.

먼저 린탕 이야기부터 하자. 수없이 펑크가 난 낡은 타이어 대신 이제 막 튼튼한 새 자전거 타이어를 샀다고 린탕이 우리에게 말해주었다. 게다가 자전거 체인도 고쳤다고 했다. 자기 어머니를 자전거 뒤에 태우고 다니기 위해서였다. 그리고 처음으로, 린탕의 어머니는 아들의 성적표를 받기 위해 학교에 오게 되었다. 자기 어머니 이야기를 할 때면 린탕의 눈은 초롱초롱 빛났다. 린탕은 보통 성적표를 아버지와 함께 받아갔다. 린탕이 반에서 1등인 성적표를 어머니에게 줄 수 있다는 것을 매우 자랑스러워한다는 것은 아주 분명했다.

린탕과 부모님은 맨 먼저 도착해 기다란 의자에 앉았다. 집에는 자전거가 한 대밖에 없어서, 린탕의 아버지는 꼭두새벽에 집에서 맨발로 출발해 먼 길 여행을 시작했다. 아침이 밝아오자, 린탕은 어머니와 함께 자전거를 타고 아버지의 뒤를 따랐다.

학부모들과 학생들이 다 모이고 나자 곽 하르판 교장선생님은 짧은 연설을 했다. 교장선생님은 린탕이 현재 무하마디아 학교의 자랑이라고 했다. 린탕의 어머니가 학교까지 먼 길을 온 것에 존경을 표하기 위해, 교장선생님은 어머니에게 한마디 해줄 것을 부탁했다.

린탕의 어머니는 부끄러워하며 처음에는 주저했다. 하지만 이내 자리에서 일어섰다. 린탕의 어머니는 불행히도 아이 때부터 척수성 소아마비로 고생했다. 지금은 지팡이에 의지해 겨우 걸을 수 있었다. 린탕은 자리에서 일어나 자기 어머니의 팔을 부축해주었다.

린탕의 어머니는 교장선생님으로부터 아들의 성적표를 받아들었다. 성적표를 받아든 어머니의 손이 떨렸다. 첫 장을 열었지만, 성적표를 거꾸로 받아들고 있다는 것도 몰랐다. 린탕의 아버지, 우리 아버지, 그리고 우리 대부분의 부모처럼, 린탕의 어머니도 읽을 줄도 쓸 줄도 몰랐던 것이다.

린탕의 어머니는 부 무스 선생님과 교장선생님에게 고맙다고 말했다. 사투리가 너무 심해 좀체 알아들을 수 없었다. 변방의 말레이어였다. 이번이 처음으로 자기 마을을 벗어난 것이라고 했다. 읽고 쓰기가 누군가의 미래를 바꿀 수 있는 날이 온 것이 믿기지 않는다고 말했을 때, 모두 쓰디쓴 미소를 지었다.

린탕의 어머니는 우리 학교가 폐쇄될 위기에 처해 있다는 것을 알고 있었다. *저녁기도* 때마다 린탕이 퀴즈대회에서 우승하게 해달라고, 그래서 우리 학교가 문을 닫지 않게 해달라고 기도하고 있다고 말했다. 정말 가슴 절절한 희망이었다.

바닷가 가족은 린탕의 교육에 큰 기대를 걸고 있는 것 같았다. 린탕이 졸업을 하면 앞날이 더 좋아질 수 있다고 굳게 믿고 있었다. 린탕의 어머니는 자신이 자기 장남을 얼마나 자랑스러워하는지, 그 이야기로 말을 마쳤다. 나는 린탕을 바라다보았다. 린탕의 눈가가 촉촉했다. 린탕은 고개를 숙였다. 눈물이 방울방울 바닥으로 떨어졌다.

린탕의 어머니 말이 끝나자, 교장선생님은 린탕을 앞으로 나오라고 했다. 촉촉한 눈을 한 채, 린탕은 자신의 성적표에 적힌 학점을 모두 어머니에게 읽어주었다.

보통, 린탕의 성적표 다음은 내 차례였다. 나는 언제나 2등이었다. 내 영원한 2등은 언제나 아기를 안고 있는 엄마의 모습을 한 달 표면처럼 당연해 보였다. 하지만 이번에는 달랐다. 하룬이 2등을 낚아채버렸던 것이다.

우리 학교를 닫게 하려는 사마디쿤 씨로부터 학교를 구해내려는 고군분투의 일환으로, 뿐만 아니라 하룬의 진가를 인정해주고 하룬을 기쁘게 해주려는 일환으로, 부 무스 선생님은 하룬에게 특별 성적표를 주었다. 그 안에 적힌 숫자도 특별했다. 부 무스 선생님은 하룬과 아주 민주적으로 이야기를 나누었다. 맨 먼저, 하룬이 물었다.

"선생님, 이 성적표에 적힌 과목 중에서 어떤 과목이 제일 중요한 거지요?"

"물론 무하마디아 윤리 과목이지."

부 무스 선생님이 성적표의 맨 아랫줄을 가리키면서 그럴싸하게 대답했다. 하룬은 고개를 끄덕이며, 린탕과 트라파니와 같은 점수를 달라고 했다. 그렇게 하룬이 차점자가 되어 나를 따돌릴 수 있었다.

그런데 무하마디아 윤리 점수에 대해 부 무스 선생님과 약간의 논쟁이 있었다. 그 이유는 하룬이 그 과목에서 3점을 달라고 했기 때문이었다.

"3점은 아주 낮은 점수야. 너는 행동이 아주 발라. 8점 받을 자격이 있어."

하룬은 얼어붙었다. 부 무스 선생님은 성적표에 3점을 받는 것은 불만족스러운 것이라고 말해주었다.

"넌 8점을 받을 만해. 선생님이 그 과목에 주는 가장 높은 점수야. 멋지지 않니? 너는 이 세상에서 가장 소중한 과목에서 높은 점수를 받는 거야."

부 무스 선생님의 말이 맞았다. 우리는 모두 동의했다. 하룬의 모범적인 행동은 8점의 가치가 있었다. 그런데 하룬에 비해 **훨씬 더 정상적으로** 생각해온 우리가 윤리과목에서 8점을 받아본 역사가 없다는 것은 아이러니였다.

여러 차례 설득을 했지만, 하룬은 마음을 바꾸지 않았다.

"알라는 홀수를 좋아해요, 선생님."

하룬이 이렇게 조용하게 말하자 부 무스 선생님은 하룬을 납득시키려는 시도를 포기했다.

그리하여 낮은 점수 3점이 하룬의 성적표에 적히게 되었던 거다. 평균점수는 분명 떨어졌다. 하지만, 하룬이 린탕 성적표에서의 10점을 모두 차지하고, 자신의 우상인 트라파니의 성적표에서 다른 높은 점수들을 차지했기에, 굳건히 2등을 차지했다.

선생님은 하룬의 성적표를 만들 때 현명한 결정을 내렸다. 하룬의 어머니는 아들의 졸업식에 온 것처럼 아주 뿌듯해했다. 하룬은 이를 씽긋 드러내고 웃으며 자기 성적표를 허공에 팔랑팔랑 흔들어댔다.

오후가 무르익어가며 성적표 때문에 들떴던 기분은 가라앉았다. 나는 아버지의 자전거 뒤에 타고 집으로 향했다. 하지만 학교를 떠나가는 린탕과 그 부모한테서 눈을 뗄 수가 없었다.

린탕은 자전거 페달을 밟으며 핸들을 단단히 거머쥐었다. 어머니의 지팡이는 린탕의 왼쪽 어깨에 걸쳐 있었다. 어머니는 자전거 뒤에 앉고, 아버지는 그 옆에서 자전거를 밀며 걸었다.

린탕의 어머니는 성적표를 바라보는 내내 말을 멈추지 않았다. 성적표와 린탕의 학교생활이 적어도 부모한테서 하루하루의 생존투쟁을 잊게 해준 듯했다.

린탕의 가족은 말레이와 인도네시아의 평범한 어부들의 가난한 모습 그대로다. 이들은 세대를 대대로 이어오는 자신들의 비극을 가슴속에 간직했다. 미래에 대한 공허한 기대의 괴로움과 자녀교육에 대한 의구심을 억눌렀다. 가난한 사람들의 이 같은 비극은 누구의 귀에도 들리지 않았다. 가진 자들은 물론이고 국가도 마찬가지였다. 하지만 오늘, 바닷가에 살고 있는 이 가난한 가족에게 이 같은 비극은 한순간 멀리 사라졌다. 비범한 어린 아들의 성적표에 채워진 점수에 가려졌다.

하늘이 갑작스레 어두워졌다. 린탕과 부모님은 나무 아래로 몸을 피했다. 꿀벌 수백만 마리가 산에서 마을로 떼 지어 내려왔다. 그해의 첫 비가 내렸다.

그해 처음 내리는 비

벨리퉁 섬은 남중국해와 자바 해가 만나는 지점에 위치해 있다. 자바와 칼리만탄 사이에 숨어 있기에, 해안은 거센 파도에서 안전하게 벗어났다. 하지만 우기가 되면 건기 때 주변 바다에서 증발한 수백만 갤런의 물이 몇 날 며칠 땅으로 퍼붓는다.

첫 비는 하늘이 내리는 축복이었다. 우리는 반갑게 그 비를 맞아들였다. 비가 거세면 거셀수록 천둥소리는 더 우렁차고, 더욱 거센 바람이 마을을 휩쓸고, 번개는 더 번쩍거려서 우리 마음은 더욱 흥겨웠다. 우리는 억수같이 쏟아지는 빗줄기가 지저분한 우리 몸에 퍼붓게 그냥 내버려두었다. 부모님이 등나무 채찍을 들고 나무라는 걸 모른 체 해버렸다. 비의 유혹에 비하면 그건 아무것도 아니었다. 우리는 이리저리 미친 듯이 내달렸다. 우리의 가슴에 생명을 불어넣는 신선한 냄새를 맡으며 도랑 바닥에서 기어오르려 아등거리고, 홍수로 쓰러진 나무와 물에 잠긴 자동차 위로 뛰어다녔으니 기괴한 동물들처럼 보였으리라.

입술이 새파래질 때까지 계속 내달렸다. 손가락에 감각이 없어지도록. 세상 사람들은 우리를 붙잡아둘 수 없었다. 우리는 우기 동안 전지전능한 VIP들이었다. 부모들은 아이들이 말을 안 들어 불안하고 절망스러웠다. 우리는 사방을 뛰어다니며 공을 차고, 모래성을 쌓고, 도마뱀 놀이를 하고, 진흙탕에서 헤엄치고, 하늘 위를 날아가는 비행기를 향해 소리치고, 하늘의 비와 천둥을 향해 시끄럽고 꼴사납게 비명을 질러댔다. 마치 실성한 사람들 같았다.

가장 재미난 놀이는 이름이 없었다. 그 놀이를 하기 위해서는 기도할 때 깔고 앉는 매트처럼 폭이 넓은 *피낭 한투(pinang hantu)* 나뭇잎이 필요했다. 그 나뭇잎 위에 한두 명이 앉고, 두세 명이 그 잎을 아주 재빠르게 잡아끌었다. 썰매를 타는 것과 비슷했다.

앞에 앉은 아이는 낙타 위에서 고삐를 잡듯 나뭇잎을 꼭 움켜쥐었다. 뒤에 앉은 아이는 잎에서 떨어져 나가지 않으려 앞에 앉은 아이를 꼭 껴안았다. 우리 중에 가장 몸집이 큰 아이, 즉 삼손, 트라파니, 아 키옹은 나뭇잎을 잡아당기는 역할을 맡았다. 녀석들은 그 임무를 아주 자랑스러워했다.

나뭇잎을 끄는 아이들이 말처럼 힘차게, 재빨리 코너를 돌 때 일부러 더 세게 끌 때가 제일 재미있었다. 나뭇잎 위에 앉은 아이들은 옆으로 기울어지게 마련이다. 미끄러운 진흙 위로. 경사가 급하고, 빠르고, 신나는 미끄럼 타기.

나는 몸을 가누지 못하고 나뒹굴었다. 거대한 진흙의 물결이 오른쪽에서 튀어 오르며 젖은 흙이 구경꾼들을 덮치는 게 보였다. 사하라, 하룬, 쿠카이, 마하르, 그리고 린탕은 자기들한테 진흙이 튀자 더 신이 났다. 아이들은 손뼉을 치며 우리에게 환호했다. 사흐단은 내 뒤에 앉아 나를 꽉 잡은 채 즐겁게 큰 소리로 외쳤다.

사흐단은 내 부조종사 역할을 맡았다. 우리가 옆길로 미끄러질 때, 서커스에서 오토바이를 타고 불타는 터널을 통과하는 긴 머리카락의 저돌적인 사람 흉내를 냈다. 더욱 근사하게 말하자면, 재빠르게 코너를 도느라 몸을 힘껏 구부리고 있는 자동차 경주선수 같다고나 할까. 정말 멋지지만 무모한 행동이다. 그 순간이 무시무시한 놀이가 주는 가장 황홀한 아드레날린이 솟았다.

그게 다가 아니다. 각도가 급하게 꺾이면 코너 돌기가 아주 어렵다. 때문에 나뭇잎을 끄는 아이들은 서로 부딪히며 연신 고꾸라졌다. 사흐단과 나로 말할 것 같으면, 우리는 나뭇잎에서 내동댕이쳐졌고, 빙글빙글 돌다 결국 도랑에 처박혔다.

머리가 아파왔다. 머리를 만져보니 자그마한 혹이 잡혔다. 목소리는 로봇처럼 이상하게 들렸다. 오른쪽 머리에서 지근거리던 아픔이 눈으로 퍼져 나갔다. 코에 물이 들어간 모양이다. 나는 기침을 토해내는 염소처럼 콜록거렸다. 그러면서 사흐단을 바라보았는데, 사흐단은 나보다 더 심하게 미끄러져 고꾸라졌다. 도랑물에 반쯤 잠긴 채 꼼짝도 없이 큰 대 자로 뻗어 있었다.

이, 이런! 정말 심각했다. 기절한 걸까? 뇌진탕이라도 일으킨 걸까? 죽은 건 아닐까? 사흐단은 숨을 쉬지 않았다. 된통 심하게 나가떨어진 듯했다. 마치 트럭에서 떨어진 파이프 같았다. 사흐단의 코에서 걸쭉한 피가 뚝뚝 떨어지는 게 보였다. 우리는 시체 같은 사흐단의 주위로 몰려들었다. 사하라는 훌쩍거리며 얼굴이 새하얗게 질렸다. 아 키웅은 몸을 부들부들 떨었다. 트라파니는 자기 엄마를 목 놓아 불렀다. 나는 사흐단의 뺨을 찰싹 때렸다.

"사흐단! 사흐단!"

나는 사흐단 목의 혈관을 만져보며, 마을회관에서 본 텔레비전 드라마 〈초원의 집〉의 장면을 따라해 보았다. 뭘 찾아야 하는지 몰라서 나는 찾지도 못했다. 삼손, 쿠카이, 트라파니가 사흐단의 몸을 흔들며 정신 차리라고 외쳤다. 하지만 사흐단은 꼼짝 않고 누워만 있었다. 입술은 창백하고 몸은 얼음장처럼 차가웠다. 사하라는 엉엉 흐느끼기 시작했다.

"사흐단······사흐단······일어나!"

사하라가 애원하듯 말했다.

우리는 어찌할 바를 몰라 허둥거렸다. 나는 연신 사흐단의 이름을 불렀지만 여전히 꼼짝도 하지 않았다. 사흐단은 죽었다. 불쌍한 사흐단, 세상에 이런 비극적인 운명이 어디 있단 말인가?

삼손이 사흐단을 일으켜 세우자고 했다. 사흐단의 몸은 이미 딱딱하게 굳어 있었다. 모두 함께 사흐단의 몸을 들어 옮길 때 나는 사흐단의 머리를 잡았다. 옆에 있던 사하라는 울음을 터트렸다. 우리는 진짜 공황 상태에 빠졌다. 하지만 점점 조급해지는 상황 속, 내 손에 잡혀 있던 검정 곱슬머리가 썩은 이를 드러냈다. 얼음송곳처럼 뾰족한 이를. 그러고는 캬 큰 소리로 웃음을 터트렸다.

하! 내 부조종사가 죽은 체했던 것이다! 저 장난꾸러기가 가만히 누워 숨을 참고 있었던 것이다. 우리가 죽었다고 생각하게 말이다. 우리는 사흐단을 다시 도랑에 처박아버렸다. 사흐단은 당혹해하는 우리를 향해 우쭐해하며 더욱더 큰 소리로 깔깔깔 웃었다. 사하라는 지저분한 손으로 눈물을 닦아냈다. 사흐단은 고통스러워하면서도 신나게 웃어댔다. 어찌나 열심히 웃는지 눈물까지 찔끔거렸다. 사흐단의 눈물은 빗방울과 뒤섞여 있었다.

이상한 건, 넘어지고 부딪히고 여기저기 구르는 것이 고통스러웠지만 그래도 큰 웃음과 짓궂은 장난이 뒤이었다는 것이다. 이것이 이름 없는 놀이의 가장 매력적인 부분이었다. 우리는 그렇게 놀고 또 놀았다. 회전의 물리학을 무시하는 각도, 속도와 질량 때문에 우리가 고꾸라졌던 것이다. 우리는 그렇게 일부러 고꾸라지며 행복감을 느끼는 어리석은 짓을 했다. 9월부터 12월까지 이어지는 기간, 어쩌면 어른들은 시무룩해 있을지도 몰랐지만 우리에게는 아주 유쾌한 시기였다. 우기는 자연이 가난한 말레이 아이들, 즉 우리를 위해 열어주는 축제였다.

천상의 시, 그리고 펠리탕 풀라우 새 떼

여느 해와 달리, 8월이 되었어도 건기가 아직 우리 마을을 떠나지 않았다.

나무들은 시들어갔다. 자전거가 지나갈 때마다 붉은 자갈이 깔린 길에서 먼지가 일고, 그러다 결국 가까운 창턱에 내려앉았다. 마을은 부석거리고 녹 냄새가 났다.

중국인 공동체의 일상생활은 활력에 넘쳤다. 한낮에 목욕하고, 젖은 머리를 뒤로 빗어 넘기며 손톱깎이로 손톱을 깎았다. 중국인들이야말로 건기 동안 조금 더 깔끔해 보이는 유일한 사람들이었다.

반면, 사왕족은 빈둥거리며 기다란 집 기둥이나 껴안고 있었다. 너무 더워 천장이 없는 지붕 아래에서는 잠을 잘 수 없었다.

너무 피곤하고 지쳐 일하러 갈 수도 없었다. 실로 딜레마가 아닐 수 없었다.

사롱 사람들은 낮이나 밤이나 하루 종일 바다에서 지냈다. 곧, 건기가 끝날 것이고, 그러면 바람이 거세질 거다. 건기는 사롱 사람들이 돈을 벌 절호의 기회였다.

말레이인들은 투덜거리며 대부분 집에서 시간을 보냈다. 집에 냉장고가 있는 이는 아무도 없었다. 때문에 아이들이 시원한 음료를 만들기 위해 얼음조각과 달콤한 맛이 나는 시럽을 들고 길을 따라 지나가는 게 가끔 보였다.

숨이 탁탁 막히는 공기는 밤이 늦어도 좀체 떠나지 않았다. 새벽이 다가오면 기온이 크게 떨어져, 예언자 마호메트의 추종자들의 믿음을 시험에 들게 했다. 그래도 이 추종자들은 이부자리에서 힘겹게 일어나 *새벽기도*를 하러 사원으로 향했다.

지난 며칠 동안, 린탕은 평상시처럼 쾌활했지만 자전거 때문에 많이 지쳐 있었다. 체인이 가끔씩 툭툭 끊어지는 바람에 많이 짧아졌다. 끊어질 때마다 조금씩 줄어들었기 때문이다. 바퀴도 자주 펑크가 났다. 그럴 때면 학교에 오는 내내 자전거를 밀고 와야 했다. 마침내, 더 이상 쓸모없을 지경까지 이르렀다.

선택의 여지가 없었기에, 린탕은 이제 학교까지 수십 킬로미터를 걸어와야 했다. 지름길이 있기는 했지만 그곳은 매우 위험했다. 습지를 지나야 하는 길인데, 그곳은 악어들의 본거지였다. 습지 한가운데는 가슴까지 물이 차올라 헤엄쳐 건너야 했다. 그래도 어쩌다 학교에 걸어와야 할 때면, 학교 시간에 맞추려 어쩔 수 없이 그 길을 걸어와야 했다.

린탕은 언제, 어쩌다 습지에 빠졌는지, 일광욕을 즐기던 수십 마리의 악어들이 자신을 발견하고 뒤따라온 이야기를 가끔씩 들려주곤 했다. 그 이유 때문에, 학교에서 집으로 가기 전에 그는 언제나 구장 물로 몸을 씻었다. 구장은 민간요법 소독제였다.

물가에 이르면, 옷과 책을 비닐봉지 안에 집어넣고, 물을 건너는 동안 그 비닐봉지를 위로 높이 든다. 헤엄칠 때는 비닐봉지를 이로 꽉 문다. 린탕은 헤엄치며 악어가 있는지 연신 주위를 둘러보아야 했다.

오늘, 린탕은 머리에서 발끝까지 흠뻑 젖은 상태로 학교에 도착했다. 악어에게서 도망쳐 나오는 중에 비닐봉지가 열려버렸던 거다. 린탕은 교실 문 앞에서 멍하니 서 있었다. 부 무스 선생님은 린탕에게 교실로 들어오라고 했다. 비록 옷은 젖었어도 린탕은 공부할 수 있어서 무척 다행이라고 여겼다.

방과 후, 린탕이 내게 다가왔다. 쓸쓸한 표정은 좀체 끝날 줄 모르는 건기처럼 무미건조해 보였다. 나는 놀랐다. 린탕답지 않게 시무룩했다.

"무슨 일이야, 린탕? 뭐 안 좋은 일 있어?"

내가 억지로 미소를 보이며 물었다.

린탕은 셔츠 주머니 안에서 뭔가를 꺼냈다. 손수건이었다. 린탕의 어머니가 성적표를 받던 날 그것을 들고 있었던 게 기억났다. 린탕이 손수건을 펼쳤는데, 거기에 반지가 하나 있었다.

"우리 아빠가 엄마한테 준 결혼반지야."

린탕은 몸을 떨며 말했다.

"엄마는 내가 자전거 때문에 학교에 빠지는 걸 원치 않아. 엄마는 내가 열심히 공부해야 퀴즈대회에서 이길 수 있다고 말했어."

나는 어안이 벙벙했다.

"엄마가 부탁했어. 이 반지를 팔아 그 돈으로 새 자전거 체인을 사라고 말이야."

린탕의 눈이 촉촉이 젖었다. 가슴이 먹먹했다.

우리는 함께 시장으로 갔다. 18k짜리 반지는 휴대용 저울로 무게를 쟀다. 3그램. 질 낮은 금은 가짜처럼 보였다. 하지만 그건 린탕 가족한테는 가장 귀중한 재산이었다. 반지를 대략 125,000 루피아에 팔았는데, 당시 그것은 미국 돈 약 50달러였다. 자전거 체인과 바퀴 두 개를 겨우 살 수 있는 돈이었다.

린탕은 어머니의 결혼반지를 파는 걸 매우 힘겨워했다. 반지를 꼭 부여잡았다. 금은방 아저씨가 린탕의 손가락을 하나씩 억지로 펴 반지를 빼내가야 했다. 마침내 반지를 내주자 린탕의 눈에서 눈물이 주르르 흘러내렸다.

"어머니를 위해 퀴즈대회에서 우승하면 돼, 보이(Boi)."

나는 호들갑을 떨며 린탕이 슬픔을 잊기를 기대했다. 벨리퉁-말레이 소년들에게 있어 보이라는 단어는 가까운 친구를 부르는 애칭이다. 린탕은 나를 진지하게 바라보며 말했다.

"약속할게, 보이."

우리는 금은방 앞에서 자전거 체인과 타이어를 교체했다. 나는 린탕을 말똥말똥 쳐다보았다. 린탕은 이제 막 자신의 두 번째 약속을 했다. 나는 내 친구를 진정으로 사랑했다.

린탕과 나는 린탕 어머니의 결혼반지를 가슴 아프게 팔았던 것을 곧 잊었다. 인생의 슬픔과 걱정은 모두 뒤에 남겨두었다. 적어도 옆으로 미뤄두었다. 왜냐하면 우리 반은 엄청난 계획이 있었기 때문이다. 그건 바로 캠핑이었다.

PN 학교 아이들은 파란색 버스를 타고 탄중판단으로 레크리에이션을 가고 동물원이나 박물관 견학을 하고 부모들과 함께 자카르타로 휴가를 떠나지만, 우리는 팡칼란 푸나이 해변으로 갔다. 약 60킬로미터 떨어진 곳인데, 우리는 그곳까지 자전거를 타고 떼 지어 몰려갔다.

매년 팡칼란 푸나이를 방문했지만, 나는 그곳이 한 번도 지겹지 않았다. 바닷가에 설 때마다 나는 가슴이 설레었다. 알렉산드로스 대왕의 군대가 인도를 처음 발견했을 때의 느낌이 그랬을까? 수십 헥타르에 이르는 모래가 숲과 만나는 그곳에서, 나는 아름다움에 대한 남다른 느낌을 발견했다. 팡칼란 푸나이는 나에게 그런 인상을 심어주었다.

해질 무렵 나는 기분 좋게 산책을 나가 서쪽 언덕 꼭대기에 앉았다. 어부의 아이들, 소년과 소녀들이 부표를 걷어차고, 골대도 없이 축구하며 놀고 떠들어대는 소리가 희미하게 들려왔다. 평화로운 아우성이었다.

뒤에는 사바나가 펼쳐졌다. 바다만큼이나 드넓었다. 밭종다리 수천 마리가 웃자란 풀밭에 자리 잡고는 잠잘 곳을 서로 차지하려고 큰 소리로 울어댔다. 한 줄로 늘어선 코코넛 나무들 사이로 커다란 바위들이 보였다. 그것은 팡칼란 푸나이의 상징이었는데, 빛나는 푸른빛 남중국해에 둘러싸여 있었다. 거무튀튀한 강줄기가 저 멀리에서부터 굽이치다 마침내 바다와 합쳐진다. 마치 은이 녹아내리는 것 같았다.

밤이 다가오면, 오렌지 빛과 붉은색 태양 빛이 낭가 잎 지붕 너머로 떨어졌다. 높이 솟은 집 기둥 위로 상티기 잎이 무성하게 삐죽삐죽 솟아 있었다. *저녁기도 즈음에 나타나는 벌레들을 쫓기 위해 코코넛 수염을 태우는 연기가 벽난로 바닥에서 피어올랐다. 기도시간을 외치는 소리와 함께, 연기가 마을 위를 유령처럼 천천히 떠다녔다. 그 연기는 달콤한 과일이 열리는 빈탕 나무 나뭇가지 위를 어렴풋이 기어 다니다 바람을 타고 사라졌다. 그러고 나서 광활한 바다에 휩쓸려갔다. 아래쪽에 드문드문 펼쳐진 기둥 높은 집의 자그마한 창문 안에서 기름램프의 자그마한 불씨가 조용히 춤을 추었다.*

나는 팡칼란 푸나이의 매력에 푹 빠졌다. 그러다 마침내 꿈까지 꾸었다. 이 꿈이 나로 하여금 시를 쓰게 했다.

나는 꿈에서 천국을 보았다네

진정으로, 팡칼란 푸나이에서의 셋째 밤 나는 꿈을 꾸었네,
나는 천국을 보았지
하늘나라는 웅장하지 않았네, 하지만 자그마한 성 하나가
숲 한가운데 있었지
거기에는 성경에서 말하는 것처럼 아름다운 아가씨들은
없었네

나는 자그마하고 좁다란 다리를 걸었지
성결한 얼굴의 아름다운 여인이 나를 맞아주었네
"여기는 천국이야" 그 여인이 말했네
그 여인은 꽃이 만발한 들판을 걷게 나를 이끌어주었네
알록달록 낮게 드리운 구름 아래
성의 베란다를 향해

베란다에서, 나는 보았지 자그마한 등불이 커튼 뒤에
숨겨져 있는 것을
등불은 정원의 빽빽한 풀을 지났어
아름답고, 아주 표현할 수 없을 만큼 아름다웠네

천국은 그렇게 아주 고요했지
하지만 나는 여기에 머물기를 원했지
나는 당신의 약속을 기억했으니까요, 신이시여
내가 걸어가면
당신은 달려와 나를 맞을 것이라고요

캠핑 프로그램 중 하나로, 우리는 숙제를 내야 했다. 작문, 그림 또는 바닷가에서 모은 재료로 직접 작품을 만들어야 했다. 저시로, 나는 처음으로 예술 점수에서 마하르보다 조금 더 좋은 점수를 받았다. 하지만 그런 일은 그때가 처음이자 마지막이었다.

마하르는 예술에서 여느 때처럼 가장 높은 점수를 받지 못했다. 그것은 모두 벨리퉁 사람들이 *펠린탕 풀라우* 새라고 부르는 신비한 새 떼 때문이었다. *펠린탕 풀라우*란 섬을 횡단하는 새라는 뜻이었다.

펠린탕 풀라우 새는 어디서든 눈에 뜨인다. 하지만 바닷가에서만큼 눈에 잘 뜨이는 곳은 없다. 어떤 사람들은 이 새가 초자연적인 창조물이라고 생각했다. 새의 이름만으로 바닷가 사람들은 벌벌 떨었다. 이 새를 둘러싼 신화와 이 새가 지닌 메시지 때문이었다. 새 떼가 마을에 나타나면 어부들은 즉각 출항 계획을 취소해버린다. 어부에게, 이 신비한 새들의 도착은 바다에 폭풍이 일 거라는 징조로 여겨지기 때문이었다.

이 새가 실제 무엇이었든, 마하르는 미술 숙제를 위해 준비하는 동안 이 새를 직접 보았다고 우겼다. 마하르는 이 새를 그리기로 결심했다. 마하르는 허둥지둥 텐트로 기어들어와 자기가 본 것을 우리에게 들려주었다. 우리는 벨리퉁 섬의 다양한 동물 중 이 진귀한 종의 새 한 마리를 보기 위해 숲으로 뛰쳐나갔다.

불행히도, 우리가 본 것은 텅 빈 나뭇가지, 긴꼬리원숭이 새끼

16장 • 천상의 시, 그리고 펠린탕 풀라우 새 떼

몇 마리와 텅 빈 하늘뿐이었다. 마하르는 난처해졌다. 원숭이가 잇달아 나타났다.

"빈탕 나무 열매를 너무 많이 먹으면 취할 수 있어, 마하르. 눈이 희미해지고, 횡설수설하지."

삼손이 시동을 걸었다. 아이들이 놀리기 시작했다.

"진짜야, 삼손. *펠린탕 풀라우* 새 다섯 마리를 내가 봤다고!"

"바닷물의 깊이는 잴 수 없어. 거짓말의 깊이도 잴 수 없지."

쿠카이가 간단한 속담으로 잽을 날렸다.

마하르의 얼굴에는 실망감이 역력했다. 눈은 저 위쪽의 나뭇가지를 살폈다. 나는 마하르의 그런 모습에 안됐다는 생각이 들었다. 그렇다고 내가 어떻게 마하르 편을 든단 말인가? 자신을 두둔해줄 목격자가 없었기에, 마하르는 기운이 빠졌다. 나는 마하르의 눈을 뚫어지게 쳐다보았다. 나는 마하르가 그 신성한 새를 보았다는 걸 믿었다. 정말 대단한 행운이다! 마하르가 우리를 이해시킬 수 없다는 게 유감스러웠다. 그건 순전히 마하르의 밥 먹듯 하는 거짓말 탓이었다. 이게 바로 거짓말쟁이의 문제다. 수백만 번 거짓말하다가 마침내 한 번 진실을 말하면, 사람들은 그것이 또 하나의 거짓말일 뿐이라고 여전히 생각한다.

"거짓말과 상상력에 사로잡히지 말라고, 친구. 넌 알고 있잖아. 우리한테 거짓말은 금지되어 있어. 우리 무하마디아 윤리책에 그것을 금지한다고 수도 없이 나와 있다고."

사하라가 타일렀다.

마하르가 *펠린탕 풀라우* 새를 보았다는 소문이 마을에 퍼지자 상황은 더욱더 혼란스러워졌다. 어부들이 바다에 나가려는 계획을 취소하려 했다. 부 무스 선생님은 안절부절못했다. 선생님은 어떻게 하면 상황을 진정시킬지 알지 못했다. 마하르는 궁지에 몰렸다.

그런데 믿거나 말거나, 그날 밤 바람이 세차게 불어와 우리 텐트를 뒤집어버렸다. 바다 위로 엄청난 번개가 내리치는 것을 똑똑히 보았다. 하늘에서는 시커먼 구름이 무섭게 소용돌이쳤다. 우리는 피난처를 찾아 목숨을 부지하기 위해 마을로 내달렸다.

"어쩌면 네가 정말 *펠린탕 풀라우* 새를 보았는지도 몰라, 마하르."

사흐단이 몸을 부르르 떨며 말했다.

마하르는 아무 말도 하지 않았다. 나는 사흐단이 *어쩌면*이라는 단어를 사용한 것이 부적절했다는 걸 알았다. 폭풍은 마하르의 이야기를 뒷받침해주었고, 어부들은 마하르에게 고마움을 표했다. 하지만 그의 친구들은 *어쩌면*이라는 단어를 사용함으로써 여전히 마하르를 의심했다. 마하르는 가슴이 너무 아팠다. 그래서 자신이 ***버림받은 사람***이라는 느낌을 받았다.

다음 날, 마하르는 펠린탕 풀라우 새 떼라는 제목의 그림을 그렸다. 그것은 흥미로운 주제로 구성되었다. 다섯 마리 새를 거무스레한 모습으로 그렸다. 형상은 메란티 나무 꼭대기를 지나 번개처럼 재빠르게 움직였다. 배경은 어두침침한 구름 덩어리들이었다. 폭풍이 몰아칠 것 같은 기세였다. 드넓은 바다는 짙푸른 색으로 칠하고, 바다 표면은 반짝반짝 빛났다. 하늘에서 내리치는 번개를 그린 것이었다. 정말 눈에 확 뜨였다.

마하르가 그린 뾰죽뾰죽 불규칙한 모양의 노란색과 초록색 줄무늬의 새들은 엄청난 속도로 움직였다. 무심코 바라보면, 다섯 마리 새 떼는 희미해 보인다. 하지만 알록달록한 한 덩이의 이미지가 있다. 정말 등골이 오싹한 그림이었다.

마하르는 그림으로 신비한 펠린탕 풀라우 새의 본질을 포착하려고 노력했다. 이 마법의 새를 드러냄에 있어, 마하르는 인간에게서 멀리 떨어져 있고 싶어 하는 새의 취향을 우리에게 확실히 알려주었다. 뿐만 아니라 바닷가 사람들의 마음을 움직이는 신비한 신화를 드러냈다. 마하르에게 펠린탕 풀라우 새의 형상은 관심 밖이었다. 다른 한편, 삼손, 쿠카이, 사하라는 새의 형상이 불명료하다는 의견을 지녔다. 그건 마하르가 실제로 그 새들을 보지 않았기 때문이라는 것이다. 마하르는 냉소적인 태도를 보이며 심히 불쾌해했다.

마하르는 자기의 솔직한 작품을 친구들이 의심한 데 낙담해 과제물을 늦게 제출했다. 마감시한을 초과했기 때문에 점수가 낮았던 거였다. 미학적인 이유 때문이 아니었다.

"이번에는 네게 최고 점수를 주지 않았단다. 너한테 교훈을 주기 위해서야."

부 무스 선생님이 무표정한 마하르에게 말했다.

"네가 그림을 못 그렸기 때문이 아니란다. 어떤 일을 하든, 우리는 규칙을 지켜야 해. 아무리 재능 있는 사람이라도 태도가 바르지 못하면 아무 쓸모없는 거란다."

나는 이것이 충분히 공정한 의견이라고 느꼈다. 한편, 우리 반 친구들과 나는 미술에서의 내 최고 점수를 새로운 예술가의 탄생으로 간주하지 않았다. 우리의 거물 예술가는 오직 마하르뿐이었다.

괴팍한 마하르는 자신이 미술작품으로 받은 점수에 대해 조바심을 내지 않았다. 평상시보다 지금 훨씬 더, 그는 아주 분주했다. 8월 17일 카니발, 즉 독립기념일을 위한 예술적 구상을 하느라 여념이 없었기 때문이다.

초라한 잡화점에서의 사랑

참, 청춘은 멋졌다.

학교에서 배우는 것은 더 실용적이 되었다. 우리는 솔티 에그 만드는 법, 수놓는 법, 말레이 전통 결혼장식 만드는 법을 배웠다. 썩 잘하지는 못했지만, 더듬더듬 영어도 배우기 시작했다.

좋아요, 실례합니다, 죄송합니다, 감사합니다.

노래를 번역하는 과제가 가장 재미있었다. 나는 옛날 노래 〈내가 당신을 사랑한다고 말했던가요?〉를 바꾸어보았는데, 정말 아름다운 노랫말이었다.

그 가사에는 어린아이에 대한 이야기가 담겨 있는데, 그 아이는 선생님이 분필을 사오라고 심부름을 보내는 게 언제나 싫었다. 그러던 어느 날, 그 아이는 화가 나서 분필을 사러 갔는데, 운명이 자신을 무자비하게 공격하기 위해 생선가게에서 기다리고 있다는 것을 까맣게 모르고 있었다.

분필을 사는 것은 누가 뭐래도 가장 재미없는 학교 심부름이었다. 정말 하기 싫은 또 하나의 허드렛일은 꽃에 물을 주는 것이었다. 박쥐난(Platycerium coronarium)에서부터 부 무스 선생님이 가장 아끼는 공작고사리(Adiantum) 화분 수십 개에 이르기까지, 각양각색의 양치식물을 마치 값비싼 중국 도자기라도 되는 것처럼 조심조심 다루어야 했다. 꽃을 조심스럽게 다루지 않는 것은 중요한 위반사항이었다.

"이것도 교육의 일부란다."

선생님은 힘주어 말했다.

학교 뒤에 있는 우물에서 물을 길어오는 건 정말 힘든 문제였다. 아무리 일을 잘하는 일꾼이라도 마찬가지다. 커다란 물통 두 개에 물을 가득 채워 그것을 어깨에 이고 다시 힘들게 돌아와야 될 뿐만 아니라, 가슴 섬뜩한 그 낡은 우물을 마주해야 했다. 우물은 하도 깊어서 바닥이 보이지가 않았다. 마치 다른 세상과 이어진 것 같았다. 아니, 악마가 가득 찬 구덩이 같았다. 어쨌든 아침마다 머리를 우물 안으로 깊숙이 숙일 때, 삶의 무게는 더욱 힘겹게 느껴졌다.

줄무늬가 아름다운 칸나 꽃(Canna Striped Beauties)[12]에 물을 줄

때만, 나는 약간의 위안을 느꼈다. 이처럼 아름다운 꽃이 브라질 언덕의 습한 황야에서 왔다고 상상해보라. 이 꽃은 협죽도과 식물이다. 그래서 알라만다(Allamanda) 꽃과 닮았다. 하지만 노란 꽃의 하얀 줄무늬는 다른 칸나에는 없는 또렷한 특징이다. 쭉 뻗어 있는 진초록 잎은 1년 내내 피는 꽃 색깔과 뚜렷한 대조를 이루며 고대의 아름다움을 발산한다. 이란인들은 이것을 천국의 꽃이라 불렀다. 꽃이 만발할 때, 이 세상 모든 것이 미소 짓는다. 너무나도 아름다운 꽃이기에 조심스럽게 물을 주어야 했다. 모두가 이 꽃을 키울 수 있는 건 아니다. 오직 뭐든 잘 키우는 파릇파릇한 손과 부드럽고 순수한 마음만이 이 꽃을 기를 수 있다고 한다. 그것을 가진 사람이 바로 우리의 부 무스 선생님이었다.

우리는 이 아름다운 칸나 화분을 몇 개 갖고 있었는데, 색이 엷은 다운 피시잔(daun picisan)과 선인장 사이의 눈에 가장 잘 띄는 곳에 이 화분들을 놓아두었다. 계절이 돌아와 한꺼번에 꽃이 만발하자 접시에 놓인 층층 케이크처럼 보였다.

나는 꽃에 물을 주면서 얼른 해치우려 언제나 서둘렀다. 그래도 칸나 꽃 근처에 다가갈 때면 되도록 천천히 하려고 노력했다.

---

12 칸나 꽃은 서인도제도와 중앙아메리카의 열대·아열대 지역에서 자생한다. 줄무늬가 아름다운 칸나 꽃은 노란색이고 1년 내 꽃을 피운다.

나는 사람들이 이 자그마한 낙원 한가운데 있으면 어떤 상상을 할지 그려 보았다. 선사시대의 천국에 있는 기분이 아닐까?

나는 교장실 앞 오른쪽에 있는 자그마한 꽃밭을 둘러보았다. 거기에는 네모난 돌을 깐 자그마한 통로가 있었다. 왼편에는 몬스테라, 용설란, 비올체, 완두콩, 세마라 우당, 칼라디움, 커다란 베고니아가 넘쳐났다. 그곳에는 물을 줄 필요가 없었다. 꽃들이 제멋대로 만발했다. 화사한 빛깔의 이름 모를 식물들, 다양한 야생풀과 관목으로 가득 찼다.

호리병박 덩굴이 학교 종을 매단 기둥을 타고 올라갔다. 우리 학교의 나무판자 벽을 어루만지는 커다란 팔처럼, 틈이 벌어진 지붕널을 뚫고 올라갔다. 석류나무 나뭇가지가 교실 지붕을 덮고 있어서 호리병박의 어린 덩굴은 교실 창문 앞에 대롱대롱 매달렸다. 손을 뻗어 만질 수도 있었다. 그곳에 자바 되새들이 자주 매달린다. 아침이면 그곳은 벌레와 윙윙거리는 꿀벌 소리로 시끄럽다. 그 소리에 귀 기울이다 보면, 잠시 뒤 내 몸은 무중력 상태가 되어 허공에 떠오른다.

신기하게도, 우리 정원은 어찌된 영문인지 관심을 기울이는 것처럼도, 소홀히 다루어지는 것처럼도 보였다. 정원 뒤로 보이는 무너져 내릴 듯한 학교는 세월에 까마득히 잊힌 텅 빈 건물 같았는데, 이 모습 덕분에 이곳이 야생의 천국이라는 인상을 강하게 심어주었다.

그 무시무시한 우물만 아니었다면, 꽃에 물주기는 실로 즐거운 일이 아닐 수 없었다.

분필을 사오는 일은 더욱더 끔찍했다.

동부 벨리퉁에서 하나밖에 없는 분필 파는 곳, '희망의 빛'이라는 이름의 잡화점은 학교에서 아주 멀리 떨어진 지저분한 어시장 안에 있었다. 비위가 약한 사람이라면, 소금에 절인 무, 발효시킨 콩 반죽, 녹말식품, 새우 반죽, 젱콜콩, 강낭콩의 역겨운 냄새 때문에 먹은 것을 게워낼지도 모른다. 일단 가게 안에 들어서면, 그 냄새는 플라스틱 장난감 꾸러미, 눈물이 찔끔거리게 만드는 좀약 냄새, 유성 페인트와 자전거 타이어의 악취, 그리고 수년간 팔리지 않아 쌓여 있는 말라비틀어진 담배의 악취와 뒤섞여 정말 고약한 냄새가 났다.

팔지 못한 재고품들은 여기저기 아무렇게나 쌓여 있었다. 가게 주인은 저장강박증이라고 알려진 정신질환(정신병 No. 28)을 앓고 있었다. 정말 고약한 취미였다. 쓸모없는 잡동사니들을 모으고, 그것을 버리지 않으니 말이다. 켜켜이 쌓인 악취는 사왕족 일꾼들의 땀 냄새와 어우러져 더욱 증폭되었다. 일꾼들은 무신경하게 곡괭이를 든 채, 어깨 위에 밀가루 포대를 느긋하게 걸머진 채 자기들 말로 떠들며 이리저리 오고 갔다.

그날 아침, 나와 사흐단이 그 지저분한 가게에 갔다 올 차례였다. 우리는 자전거에 올라탄 뒤 진지하게 배분을 했다. 사흐단이 중간 지점, 중국인 무덤에 도착할 때까지 나를 뒤에 태우고 페달을 먼저 밟는다. 거기서 자리를 바꿔 내가 시장까지 자전거를 몰고, 돌아오는 길에도 똑같이 한다. 거기에 한 가지 몹시 까다로운 조건이 붙어 있었다. 언덕을 오를 때마다 자전거에서 내려 차례대로 자전거를 밀어야 한다. 그리고 정해진 거리만큼 간 뒤 교대한다.

"당신 차례입니다, 전하."

사흐단이 첫 번째 언덕에 다다르자 나를 놀렸다.

사흐단은 숨을 헐떡였지만 아첨꾼처럼 고개를 숙이며 활짝 웃었다. 사흐단은 무슨 일이든 상관없이 해야 할 일을 기쁘게 받아들였다. 꽃에 물주는 일조차도. 교실에서 벗어나는 일이라면 무엇이든 상관없었다. 사흐단에게 분필을 사오는 일은 잠깐 동안의 휴식과도 같았다. 게다가 홀딱 반한 어린 여점원과 시시덕거릴 수 있는 절호의 기회였다. 나는 그런 일에는 흥미가 없었다.

우리는 월병(月餠) 모양의 나지막한 묘 앞에 도착했다. 그 중앙에 심각한 얼굴을 한 여자의 흑백사진이 유리액자에 놓여 있었다. 붉은 촛농이 주위에 뚝뚝 떨어져 있었다. 우리가 약속한 장소의 묘였다. 이제 내가 자전거 페달을 밟을 차례였다.

내키지 않는 마음으로 자전거에 올라타 처음 바퀴를 밟고 나서, 나는 이미 나 자신에게 화가 났다. 이 심부름, 냄새나는 가게, 그리고 바보 같은 우리 약속이 후회스러웠다. 나는 투덜거렸다. 자전거 체인을 너무 단단히 조여서 페달을 밟기가 무척 힘들었다. 내가 불평한 또 다른 이유는 이것이다. 가난한 사람들을 절대 편들어주지 않는 법, 너무 높은 안장, 야생 닭처럼 자유롭게 주위를 어슬렁거리는 부패한 관료들, 작지만 너무 무거운 사흐단의 몸무게. 세상은 공정하지 않았다. 사흐단은 아주 즐겁다는 듯 꿈쩍도 하지 않고 앉아 있었다. 〈말레이시아에서의 밤〉이라는 노래를 흥얼거리며 뒷자리에 앉은 걸 즐겼다. 내가 투덜거리든 말든 아무 관심도 기울이지 않았다.

어시장에 도착했다. 어시장은 강 끝에 자리 잡고 있었다. 그래야 쓰레기를 쉽게 버릴 수가 있었다. 그곳은 저지대인지라 만조 때는 강물에 쓸려 온갖 쓰레기들이 시장의 좁은 통로로 몰려온다. 물이 빠지면 온갖 쓰레기가 탁자 다리, 깡통 더미, 깨진 울타리, 나무 그루터기에 엉기고, 나무 기둥에 붙어 있다. 어시장은 정교한 도시계획의 결과였다. 가장 촌스러운 말레이 건축가들의 호의 덕분이었다. 퇴폐적이지는 않았지만 혼란의 도가니였다.

분필상자를 파는 것은 별로 돈이 되지 않았다. 그래서 분필을 사는 사람은 가게 주인이 사롱 사람들과 장사를 끝마치기를 기다려야 했다.

가게 주인은 성격이 무시무시했다. 뚱뚱하고 언제나 탱크 탑만 입었는데, 키가 작고 교활했다. 납힐 기법으로 염색을 한 자그마한 표지의 외상장부가 언제나 손에 들려 있고, 미트볼을 닮은 귀에 연필 한 자루가 꼽혀 있었다. 탁자에는 나무로 만든 낡은 주판이 놓여 있었다. 주판 튕기는 소리는 어마어마했다.

가게는 할인창고 같았다. 자그마하고 답답한 공간에 수백 가지 종류의 제품들이 천장까지 쌓여 있었다. 각양각색의 과일, 야채, 그리고 녹슨 깡통에 담긴 음식 곁에 기도용 러그도 팔았다. 낡은 주전자에 담긴 식초에 절인 케돈동 과일, 타자기 리본과 페인트. 그걸 사면 비키니 차림의 여자들이 있는 달력을 보너스로 얹어 주었다. 기다란 유리 선반에는 싸구려 화이트닝 크림, 비누, 폭죽, 폭발물, 비비탄, 쥐약, 텔레비전 안테나가 죽 늘어서 있다. 설사약을 사러 달려갈 경우, 가게 주인이 설사약을 곧장 찾아주기를 바라면 안 된다. 가게 주인은 약을 어디에 두었는지 종종 까먹기도 해서 쌓인 물건의 소용돌이 속에 빠져 허우적댔다.

"키악-키악!"

가게 주인은 일꾼한테 빨리 와보라고 소리쳤다.

"마가이 디 망가라 마셈포 린나(Magai di Manggara masempo linna)?"

사롱 사람들은 기름램프 심지 값을 보고는 불평을 해댔다. 망가르에 가면 훨씬 싸다고 투덜거렸다.

"키토 루이 바? 응가페 데 망가르 하지 어 레베 무라(Kito lui, Ba? Ngape de Manggar harge e lebe mura)?"

일꾼은 그 불평을 가게 주인에게 전했다. 첫 번째 말은 중국계 방언으로, 두 번째는 말레이어로.

나는 냄새나는 가게가 구역질 났다. 그래도 이 사람들이 나누는 대화에 약간의 호기심이 일었다. 나는 우리 공동체 내에서 벌어지는 문화적 차이의 복잡성을 이제 막 목격했다. 완전히 다른 종족의 남자 셋이 각자 자기 말로 의사소통을 했다. 서로의 말이 뒤엉켰지만 다 알아들었다.

의심이 많은 사람들은 가게 주인이 이처럼 뒤죽박죽 언어를 자기에게 유리한 대로 이용한다며 욕할지도 모르겠다. 가게 주인의 성품을 살짝 언급해주겠다. 가게 주인은 정말 무례한 속물이었다. 사람들을 움츠러들게 할 만큼 목소리가 기분 나쁘다. 얼굴은 끊임없이 누군가를 위협적으로 바라보는 듯한 인상이었다.

쌀쌀맞은 말은 생색내는 듯했다. 마늘 같은 음식을 너무 많이 먹은 듯 몸에서는 악취가 풍겼다. 하지만 유교사상을 성실하게 따랐고, 장사에 있어서만큼은 더할 나위 없이 정직했다.

우리 조화로운 공동체 속에서 중국인들은 유능한 장사꾼들이었다. 실제 제품을 만든 사람들은 우리가 모르는 곳 출신이었다. 우리는 그저 바지 뒤에 붙은 태그를 보고 어디에서 만들었는지 알 뿐이다. 말레이인들은 소비자였다. 점점 더 가난해지면서 점점 더 소비에 치중했다. 반면, 사롱 사람들은 사왕족에게 계절 일자리를 제공했다. 사왕족은 물건들을 사롱 사람들의 배로 운반하는 일을 했다.

분필을 사오는 일은 판에 박힌 듯 언제나 똑같았다. 한참을 기다리고, 고약한 냄새 때문에 거의 의식을 잃을 지경이 되고 나면, 가게 주인은 누군가에게 분필상자를 가져오라고 큰 소리로 외쳤다. 그러면 누군가 가게 뒤에서 새된 소리로 대답했는데, 마치 꽁지가 하얀 샤마(Shama) 새 같았다. 그 목소리가 아주 어린 소녀의 목소리일 거라는 생각이 들었다.

분필상자는 비둘기 우리에 나 있는 문 크기 정도의 자그마한 구멍으로 미끄러지듯 나왔다. 그 구멍으로 상자를 건네는 오른

손만 보였다. 그 손 주인의 얼굴은 미스터리였다. 손 주인은 나무 벽 뒤에 숨어 있었다. 그 벽은 창고와 가게 사이에 가로놓여 있었다. 그 신비한 손의 주인은 내게 한 마디 말도 건네지 않았다. 분필상자를 건네고는 마치 표범에게 고기 먹이를 주는 사람처럼 곧바로 손을 거두어갔다. 몇 년 동안 이런 식이었다. 이 절차는 언제나 똑같았고, 변함이 없었다.

손이 나올 때마다, 나는 위를 향해 굽은 자그마한 손가락에 반지가 껴 있는 걸 본 적이 없었다. 하지만 그 고귀한 손목에 옥으로 만든 팔찌를 차고 있는 건 보았다. 내가 무례하게 군다면, 그 손가락은 재빠른 쿵푸 동작으로, 부리로 물고기를 잡는 두루미처럼 재빨리 내 눈을 찔러버렸을 거다. 나를 공손하게 만들었던 건 옥팔찌였다. 아마도 할아버지한테 물려받았을 것이다. 치열한 싸움 끝에 용을 죽인 뒤, 할머니의 마음을 사로잡기 위해서 용의 입에서 그것을 훔친 쿵푸 선생 말이다.

하지만, 독자 여러분은 알지 않는가? 위를 향해 휜 손가락 끝에 박혀 있는 것은 매우 아름다운 손톱이었다. 퍽 멋지게 다듬어 옥팔찌보다 훨씬 더 매혹적이었다.

나는 말레이 여자들에게서 그처럼 아름다운 손톱을 본 적이 없었다. 사왕족은 차치하고라도 말이다. 손톱은 퍽 부드러워서 투명해 보일 정도였다. 손톱 끝은 초승달 모양으로 꽤 정성들여

조심스럽게 잘랐는데, 다섯 손가락 모두 조화를 이루고 있었다.

손톱 주위 피부 표면은 아주 깔끔했다. 분명 손톱을 따뜻한 물과 어린 일랑일랑 나뭇잎이 담긴 고풍스런 도자기 그릇에 담갔으리라. 점점 길어진 손톱은 손가락 끝에서 아래로 휘었다. 그래서 더욱더 아름다웠다. 미랑 강 강바닥에 숨어 있는 푸르스름한 석영 같았다. 말레이 소녀들의 손톱하고 완전 달랐다. 말레이 소녀들은 손톱이 자라면서 보기 싫게 넓적하게 튀어나와서 마치 갈퀴의 뾰족한 끝 같았다.

나는 분필 구입하는 귀찮은 일을 자주 할당받았는데 그 일을 수행하는 내 유일한 동기는 이 아름다운 손톱을 흘끔 쳐다볼 수 있기 때문이었다. 그곳에 그렇게 자주 갔기에, 그 수수께끼 소녀가 5주마다 금요일에 한 번씩 규칙적으로 손톱을 깎고 있다는 걸 알 수 있었다.

나는 소녀의 얼굴을 본 적이 한 번도 없었다. 소녀는 나를 보는 데 관심이 없었다. 내가 분필상자를 받아들고 나서 고맙다고 말할 때마다, 소녀는 한 번도 대답하지 않았다. 돌처럼 조용했다. 나에게, 비밀로 가득한 이 신비한 소녀는 이름 모를 땅에서 온 외계인과 마찬가지였다. 소녀는 항상 나와 일정한 거리를 유지했다. 인사도 없이, 조금의 시간 낭비도 하지 않았다. 소녀에게, 나는 분필 그 자체만큼이나 아무런 중요성이 없는 존재였다.

이 매력적인 손톱의 주인이 어떤 모습일까 보고 싶다는 호기심을 느꼈던 때가 있었다. 손톱만큼이나 사랑스럽게 생겼을까? 왼쪽 손톱도 오른쪽 손톱만큼이나 멋질까? 혹시 손이 하나만 있는 건 아닐까? 얼굴이 없는 건 아닐까? 하지만 이 모든 생각은 마음뿐이었다. 얼굴을 몰래 훔쳐볼 생각은 없었다. 손톱을 보는 기회만으로도 나는 충분히 행복했다. 독자 여러분, 나는 촌스럽고 버릇없는 아이들과는 달랐다.

보통, 내가 분필상자를 받아들고 나면 가게 주인은 외상장부에 적어둔다. 그러면 월말에 교장선생님이 외상값을 갚는다. 우리 아이들은 돈 문제에는 관여하지 않았다. 우리가 지나쳐갈 때마다, 가게 주인은 우리를 쳐다보지도 않았다. 가게 주인은 손가락으로 주판알을 세게 튕겼다. 마치 우리의 빚이 늘어나는 것을 상기시켜주기라도 하려는 것처럼.

가게 주인에게 우리는 귀찮은 손님이었다. 어쩌다 사흐단이 자전거 펌프를 빌리러 가면, 가게 주인은 불평을 하기는 했어도 우리에게 펌프를 빌려주었다. 가게 주인은 누구에게든 자기 펌프를 빌려주는 걸 좋아하지 않았다. 특히 우리에게는. 나는 정말로 이 탱크 탑을 입은 사내를 보는 게 죽을 만큼 싫었다.

공기는 더욱 뜨거워졌다. 가게 한가운데 서면, 수프 속에서 끓고 있는 야채 같은 느낌이 들었다. 더 이상 견딜 수 없었다. 속이 뒤집힐 것 같았다. 다행히도 가게 주인은 신비한 소녀에게 분필상자를 비둘기 우리 문으로 건네라고 큰 소리로 명령했다. 강렬한 눈빛으로, 가게 주인은 내게 분필상자를 받으라는 신호를 보냈다.

나는 코를 틀어막은 채 재빨리 마늘 포대자루 사이를 지나갔다. 고문과도 같은 임무가 빨리 끝나도록 서둘렀다. 하지만 비둘기 우리 문을 향해 몇 발자국 내딛었을 때, 차가운 산들바람이 내 귀에 불어와 아주 짧은 순간 머물렀다. 내 운명이 낡아빠진 가게에서 내게 서서히 다가와 선회하고, 그리고 나서는 무자비하게 나를 사로잡은 걸 깨닫지 못했다. 순식간에 다가올 찰나가 한 남자의, 그러니까 나의 몇 년을 미리 결정지었다. 바로 그 순간, 소녀가 큰 소리로 외치는 소리가 들렸다.

"어머나!"

그 외침에 뒤이어 수십 개의 분필 조각들이 타일 바닥에 떨어지는 소리가 났다.

분명 그 우아한 손톱의 소녀는 한눈을 팔다 분필상자를 바닥에 떨어트리고 만 것이다. 내게 그것을 받을 틈을 주지 않고. 분필이 바닥 여기저기에 흩어졌다.

"이런,"

나는 투덜거렸다.

몸을 숙여 분필 조각들을 주워야 했다. 하나씩 하나씩. 원료 그대로의 축축한 쿠쿠이나무 열매[13] 포대 사이의 틈바구니에서 아찔한 냄새가 풍겨왔다. 사흐단의 도움이 필요했다. 하지만 사흐단은 빵집 딸과 마치 이제 막 젖소 열다섯 마리를 팔기라도 한 것처럼 생기발랄하게 이야기를 나누고 있었다. 나는 사흐단이 허풍 떠는 순간을 방해하고 싶지 않았다.

선택의 여지가 없었다. 나는 참을성 있게 분필 조각을 주웠다. 몇 개는 열린 문 아래에 떨어져 있었다. 거기에 자그마한 조개껍질 커튼이 깔끔하게 매달려 있었다. 그 커튼 뒤에서 소녀도 분필 조각을 줍고 있다는 걸 알았다. 소녀가 중얼거리는 소리가 들려왔으니까.

"이를 어째, 이를 어째!"

커튼 아래로 떨어진 분필 조각에 다가가자, 내 심장은 소녀가 분명 문 가까이 있을 거라고 했지만, 소녀는 얼굴을 볼 기회를 주지 않을 것이 분명했다. 하지만 다음에 일어난 일은 정말 뜻밖이었다. 순식간이었다. 갑작스레, 그 신비한 소녀는 불현듯 커튼을

---

[13] 동남아 지역의 요리에 쓰이는 단단하고 기름이 많은 견과류의 일종.

걸었다. 우리의 놀란 얼굴이 서로 부딪힐 뻔했다. 서로 삼 센티미터도 안 되는 거리였다.

서로 이렇게 가까이 있는 것을 보고 우리는 깜짝 놀랐다. ……어색한 침묵이 흘렀다. 우리는 서로의 눈을 바라보았다. 그 기분을 뭐라고 말로 표현할 방법이 없다. 소녀는 주워 모은 분필 조각을 다시 땅바닥에 떨어뜨리고 말았다. 내 손은 분필을 세게 움켜잡았다. 마치 아이스캔디 막대기를 들고 있는 기분이었다.

그 순간, 전 세계의 시계가 모두 멈춰버린 느낌이었다. 움직이는 사물도 모두 얼어붙었다. 마치 신이 그 움직임을 하늘의 거대한 카메라로 기록하는 것처럼. 카메라 플래시에 눈이 부셨다. 별이 보였다. 나는 어안이 벙벙했다. 하늘을 훨훨 날다가 뚝 떨어져 어질어질한 것 같았다. 가게 주인이 나를 향해 고함치고 있었다. 하지만 내게는 그 소리가 들리지 않았다. 그 숨 막히는 공기 속에서 가게 냄새가 더욱 고약해지고 있다는 걸 알았지만, 내 감각은 이미 죽어버렸다. 내 심장은 잠시 멎었다. 그러고 나서 다시 아무렇게나 쿵쾅쿵쾅 뛰기 시작했다. 마치 SOS 조난 신호처럼. 나는 그 아름다운 손톱의 소녀 역시 나와 똑같은 느낌으로 어안이 벙벙한 채 내 코앞에 서 있는 것 같은 생각이 들었다.

"시운 시운 스그루*(Siun! Siun! Segere)*……!"

사왕족 일꾼이 소리쳤다. 나보고 빨리 꺼져버리란다. 하지만 그 소리는 아주 멀리서 들려오는 듯했다. 깊은 동굴 안에서 소리치듯 울려 퍼졌다. 혀가 굳었다. 입은 닫혔다. 아니, 정확히 말하면 입은 크게 벌린 채였다. 나는 한 마디도 할 수 없었고, 조금도 움직일 수 없었다. 그 어린 소녀가 분명 나를 마비시켰다. 소녀의 눈빛은 내 심장을 빼앗아버렸다.

나는 소녀의 갸름한 계란형 얼굴을 바라보며 황홀했다. 소녀는 말레이시아 출신 영화배우 양자경을 꼭 빼닮았다. 소녀의 옷은 꼭 맞았고 멋졌다. 마치 자그마한 등대풀 꽃을 테마로 한 결혼식에 참석하러 가는 듯했다. 수년간의 비밀이 예상치 못한 결말에 이르게 된 진리의 순간이었다. 아름다운 손톱의 주인공은 말로 형언할 수 없는 카리스마를 지닌, 정말 무척이나 아름다운 소녀였다.

소녀의 뺨이 붉게 물들었다. 소녀의 눈가가 촉촉했다. 우리 둘 모두의 마음속에서 수백만 가지의 온갖 감정이 분출했다. 소녀는 당혹스러운 나머지 자리에서 일어나 문을 쾅 닫아버렸다. 분필이나 내게 눈길조차 주지 않았다. 나는 공간과 시간 속에서 길을 잃고 그대로 멍하니 있었다.

쾅하고 문 닫는 소리에 나는 황홀한 마법에서 깨어났다. 나는 휘청거렸다. 심장은 쿵쾅거렸고, 눈은 어질어질했다. 무릎이 떨렸다. 숨을 고르려 애썼다. 내 싸늘한 몸으로 피가 솟구쳤다. 나는 첫눈에 첫사랑에 풍덩 빠져버렸다. 오직 소수만이 경험할 수 있는 행운의 가장 놀라운 감정이었다.

나는 일어서려 했다. 몸을 돌려 주변의 사람들을 바라보았다. 가게 주인은 삿대질을 해대고, 사롱 사람들은 느릿느릿 움직이며 가게를 나갔다. 콩 포대를 낑낑거리며 나르던 사왕족 일꾼들은 어찌된 영문인지 멋진 의상을 입고 무대 위를 어슬렁어슬렁 걸어 다니는 모델로 바뀌어 있었다.

늘 현기증을 일으키던 그 고약한 냄새의 가게에서 갑작스레 사향 기름 같은 향기로운 냄새가 풍겼다. 까무잡잡하고 자그마하고 볼품없던 사흐단이 잘생겨보였다. 가게 주인은 즉각 인정 많은 가게 주인으로 변신했다. 가게 주인은 고객을 모두 공정하고 동등하게 대우했다. 악당이 수도승으로 바뀐 듯했다.

절반이 비어버린 분필상자는 거들떠보지도 않고 나는 가게를 뒤로하고 나왔다. 붕 뜬 느낌이 들었다. 발걸음은 마치 물 위를 걷는 성자처럼 퍽이나 가벼웠다. 나는 교장선생님의 고물 자전거로 다가갔다. 자전거가 갑작스레 바구니까지 갖춘 최신식 자전거처럼 보였다. 마치 전에는 행복이라는 것을 전혀 알지 못했던 것처럼, 행복이라는 기이한 느낌이 내게 찾아왔다. 할례를 받고 나서 어머니가 내게 트랜지스터라디오를 주었을 때 느꼈던 행복을 훨씬 뛰어넘는 것이었다.

돌아올 채비를 하는 사이, 나는 살짝 고개를 돌려 가게 안을 흘끗 바라보았다. 커튼 뒤에서 나를 힐끗 살펴보는 아름다운 손톱의 어린 소녀가 보였다. 그 소녀는 자신을 숨기고 있었지만 감정은 숨기지 못했다. 나는 하늘의 별을 향해 다시 한 번 날아올랐다. 구름 속에서 춤을 추었다. 아 신이시여, 바로 이곳, 악취 나는 쿠쿠이나무 열매 포대, 등유 통과 콩 자루 사이에서 나는 사랑을 발견했나이다!

나는 최고의 미소를 사흐단에게 보냈는데, 뭔 일인가 의아해하는 표정만이 돌아왔을 뿐이었다. 마침내 사흐단의 자그마한 몸을 와락 끌어안고는 자전거에 앉혔다. 나는 무한한 힘의 남자가 되었다. 사흐단을 자전거 뒷자리에 태우고 이 세상 어디든 달려가고 싶었다. 독자 여러분, 진정 알고 싶은가? 이것은 사람들이 열렬하게 사랑에 빠졌다고 말하는 바로 그것이다.

나는 돌아오는 길에 일부러 우리의 약속을 위반했다. 중국인 묘지를 지나치고도 사흐단에게 자리를 바꾸자고 고집 부리지 않았다. 왜냐하면 나는 기운이 펄펄 넘쳐흘렀으니까. 우주의 모든 긍정적 에너지가 내게 이렇게 마법과 같은 힘을 주었다. 사랑은 때로 모든 것을 뒤집어엎는다.

사랑에 빠지면 모든 게 공평해 보인다. 법은 언제나 가난한 사람들을 편들지 않았다는 말은 진실이 아니다. 부패한 사람들은 야생 닭처럼 떠돌아다니는데, 그 이유는 법이 여전히 분주하기 때문이다. 기다려보라. 그들은 조만간 감옥에 갇히게 될 것이다. 너무 높은 자전거 안장은 키 작은 가족에게서 태어난 내 잘못이었다. 사흐단은 키가 작았지만 몸무게가 무거웠는데 이것은 감사해야 할 일이다. 그건 건강하다는 뜻이었으니까. 세상은 공정하지 못하지만, 그것은 일시적일 뿐이다. 우리는 인내심을 가져야 한다. 언제나 정부, 특히 대통령과 교육부 장관을 저주한 것을 나는 후회했다. 내 마음 깊은 곳에서, 나는 내 무식한 입에서 튀어나왔던 모든 버릇없는 말에 대해 용서를 빌었다. 지금껏 실망시켰던 모든 사람들에게 용서를 빌었다.

방과 후에 사흐단과 나는 부 무스 선생님한테 불려갔다. 분필이 왜 부족한지 해명해야 했다. 거기서 나는 꿰다놓은 보릿자루마냥 서 있었다. 거짓말하지 않고 솔직하게 대답했다. 아무런 변명도 하지 않았다. 아무리 심한 벌이라도 달게 받으리라 마음먹었다. 트라파니가 어제 그 끔찍한 우물에 빠트려버린 양동이를 건져내는 벌도 포함해서 말이다. 아름다운 손톱의 그 소녀, 그리고 내가 사랑의 폭격을 받았던 그 마법과도 같던 순간만을 내 마음에 담아두었다. 무슨 일이 일어나든 상관없었다. 끔찍한 벌은 내 로맨틱한 감정을 더욱 달콤하게 만들어줄 뿐이었다. 나는 연인을 위해 기꺼이 죽음의 우물에 뛰어들 준비가 되어 있었다. 나는 악마의 우물에서 첫사랑의 영웅이 되어 둥둥 떠 죽을 것이다.

  부 무스 선생님의 추궁을 받으며, 사흐단은 자그마한 어깨를 으쓱해 보이며 집게손가락으로 자기 이마에 십자를 표했다. 그건 손가락을 관자놀이 옆에서 빙글빙글 돌리는 것과 같은 의미로 내가 미쳤다는, 따라서 모든 것이 내 탓이라는 표시였다. 벌은 예상대로였다. 나는 우물에 들어가 양동이를 건져냈다. 하지만 놀랍게도, 악마와도 같던 그 우물이 이제는 퍽이나 매력적이었다. 아, 사랑이란!

걸작

8월 17일 독립기념일 축제는 학교의 위상을 높일 수 있는 기회였다. 최고 의상상, 최고 응원상, 베스트 데코레이션 상, 최고 퍼레이드상, 최고 협동상에 대한 수상이 있었다. 그중에서 가장 권위 있는 상은 최고 예술공연상이었다.

부 무스 선생님과 곽 하르판 교장선생님은 사실 축제에 무척 회의적이었다. 그건 바로 우리의 고질적인 문제 때문이었다. 다시 말해, 돈이 없었다. 우리는 너무 가난해서 훌륭한 축제 공연을 치를 만큼 돈을 넉넉히 가져본 적이 없었다. 퍼레이드가 너무 초라하고, 매년 똑같아서 우리는 너무 부끄러웠다. 하지만 이번에는 우리에게도 희망의 빛이 보였다. 그건 바로 마하르가 있기 때문이었다.

PN 학교는 1등에서 3등까지 모든 분야에서 상을 싹쓸이했다. 이따금 탄중판단의 공립학교가 3등상을 몇 개 차지하곤 했지만 마을학교가 상을 받아본 적은 한 번도 없었다. 우리는 그냥 참가하는 데 의의가 있었다. 당연히 치어리더도 없었다.

공립학교에서는 전통의상을 빌릴 여유가 있었기에 공연이 보기 좋았다. PN 학교는 훨씬 더 그럴싸했다. 퍼레이드는 가장 길고, 자리는 제일 좋고, 규모도 가장 컸다. 바구니가 달린 화려하게 장식한 새 자전거가 앞줄을 차지했다. 자전거를 탄 아이들도 귀여운 복장을 입었다. 따르릉따르릉 자전거 벨은 한꺼번에 큰 소리로 울렸다. 정말 축제 같았다.

두 번째 줄은 배와 비행기 모양으로 장식한 자동차들이 차지했다. 그 위에 자그마한 소녀들이 신데렐라 옷에 왕관을 쓰고 올라탔다.

그 뒤에는 미래의 직업인들이 자리 잡았는데, 학생들은 각자 자기가 되고 싶은 장래의 직업에 해당하는 옷을 갖추어 입었다. 많은 아이들이 하얀 가운, 청진기, 두툼한 안경을 입고 썼다. 분명 어른이 되어 의사가 되고 싶은가 보다.

그 다음에는 작업복을 입고 스크루드라이버, 드라이버 따위의 가지각색의 연장을 든 엔지니어들, 두툼한 과학책, 현미경과 망원경을 가져온 아이들이 있었다. 그 아이들은 커서 교수, 과학자,

천문학자가 되기를 바라는 것 같았다. 나머지는 조종사, 스튜어 디스, 선장이었다. PN 학교의 퍼레이드는 행진악대로 마무리됐는데, 나는 그 부분이 가장 마음에 들었다. 수십 개가 한꺼번에 울려 퍼지는 트럼본 소리는 심판의 날 트럼펫의 우레와 같은 폭발음 같았다. 둥둥 드럼 소리는 내 심장을 뒤흔들어놓았다.

PN 학교 행진악대는 그저 평범한 행진악대가 아니었다. PN의 전적인 후원을 받고 있었다. 이 행사를 위해 자카르타에서 안무가, 스타일리스트, 음악 지휘자를 특별히 고용했다. 적어도 80명의 학생들이 행진악대에서 연주했는데, 거기에는 매력적인 기수단도 있었다. PN 학교 행진악대가 없다면, 8월 17일 축제는 아마 시시했을 거다.

축제의 클라이맥스는 행진악대가 VIP 연단에 경례하면서 정사각형으로 대형을 이루어 움직일 때였다. 자그마한 실수도 없이, 언제나 가장 권위 있는 분야에서 1등을 낚아챘다. 정말 뛰어났다. 어느 누구도 이들을 이겨본 적이 없다. 최고 예술공연상은 PN 학교의 눈에 띄는 유리 장식장 안에 적어도 40년 이상 줄기차게 전시되어왔다.

VIP 연단은 가장 존경 받는 사람들을 위한 장소로, 그중에는 PN 총책임자도 있었다. 참석자들 중에는 PN 총책임자의 비서도 있었는데, 언제나 무전기를 손에 들고 다녔다. 그 옆에는 PN 관리자 몇 명, 마을 유지들, 돈 많은 잡화점 주인들, 우체국장, 은행 관리자, 사왕족 추장, 사롱 사람들의 추장, 중국계 소수민족 지도자, 주술사 및 다양한 종류의 '우두머리들'이 자리 잡았다. 이들 모두는 화려하게 치장한 부인들을 데리고 왔다. 연단은 시장 한 가운데 자리 잡고, 대부분의 관중들은 그 주변에 모여 있었다.

관중들은 축제 참가자들이 가장 멋진 공연을 펼쳐 보이는 연단 근처에서 축제를 보고 싶어 했다. 심사위원들도 연단에 앉아 공연점수 매길 준비를 하고 있었다.

무하마디아의 우리 대부분에게 축제는 기분 나쁘거나 아니면 못마땅한 경험이었다. 우리 축제 공연은 학교 상징인 깃발을 든 시골 선생님 두 분이 이끄는 한 무리의 아이들이 전부였다. 싸구려 천으로 만든 깃발은 노란색 대나무 두 개 사이에서 슬프게도 축 늘어져 있었다. 그 뒤로 전통적인 이슬람교도 모자와 이슬람 복장을 한 아이들이 세 줄로 늘어섰다. 그 복장은 *이슬람교 연합* (Sarekat Islam, 최초의 인도네시아 지식인 이슬람교도 조직)의 창시자, 그리고 무하마디아 건국의 아버지를 상징한다.

매년 축제 때만 되면 삼손은 댐 관리인 복장을 입었다. 자기 아버지처럼 댐 관리인이 자신이 열망하는 직업이기에 그 옷을 입은 건 아니었다. 그 옷이 가지고 있는 옷 중 유일하게 축제에 어울리는 옷이기 때문이었다. 사흐단은 어부의 옷을 입었는데, 이것 역시 자기 아버지의 직업과 같았다. 아 키옹은 매번 축제에서 소림사의 종지기 복장을 선택했다.

트라파니는 높은 부츠에 작업복 바지와 헬멧을 썼다. 자기 아버지의 것이었는데 PN 노동자처럼 입은 것이었다. 쿠카이는 부츠와 헬멧도 없어서, 작업복 차림으로 퍼레이드에 참가하기로 했다. 물어보니, 자신은 낮은 지위의 PN 노동자라고 설명했다.

보다 극적으로 보이기 위해, 사흐단은 저인망 포대를 가져왔다. 린탕은 호루라기를 빽빽 불어댔는데, 그건 축구 심판이었기 때문이었다. 그리고 나는 이리저리 앞뒤로 내달렸다. 부심이었으니까. 잘생긴 학생 하나가 아주 깔끔하게 옷을 차려입었다. 스포츠용 검정 양말과 짙은 색 바지, 긴 허리띠, 하얀 소매의 긴 셔츠를 입고 커다란 서류가방을 들었다. 그 주목할 만한 학생은 바로 하룬이었다. 그런데 무슨 직업을 나타내는지 알쏭달쏭했다. 내 눈에는, 계모한테서 쫓겨난 아이처럼 보였다.

그렇게 우리는 매년 퍼레이드에 참가했다. 우리는 감히 꿈꿀 생각조차 못했기에, 복장은 우리의 꿈을 상징하지 않았다. 축제용 의상을 빌릴 돈이 없어서 그냥 학생 모두 자기 아버지의 작업복을 활용할 뿐이었다. 따라서 우리는 뒤처진 공동체의 직업을 대표했다. 그리고 이 점에서, 마하르는 하룬만큼이나 깔끔하게 옷을 입었다. 마하르는 관중을 향해 퇴직자 신분증을 흔들었다. 자기 아버지가 이미 오래전에 은퇴했으니까. 반면 사하라는 어쩔 수 없이 참여하지 않았다. 아버지가 쉬고 있었으니까.

VIP 연단을 지날 때, 우리는 재빨리 발걸음을 옮겼다. 퍼레이드가 제발 빨리 끝나기를 기도했다. 전혀 즐겁지 않았다. 우리는 열등감을 느꼈다. 오직 하룬만이 비틀즈 시대의 분위기를 살린 서류가방을 들고, 머리를 높이 치켜든 채 걸었다. 연단 위에 앉아 있는 VIP들을 향해 미소 지으며 자신감을 뿜어냈다.

우리가 처한 현실을 보았을 때, 매번 축제가 돌아오면 참석 여부에 대한 찬성과 반대에 직면할 수밖에 없었다. 트라파니, 사하라, 쿠카이는 괜히 나가서 창피만 당하느니 차라리 참가하지 말자고 했다. 하지만 부 무스 선생님과 꽉 하르판 교장선생님의 생각은 달랐다.

"축제는 세상 사람들에게 우리 학교가 여전히 이 지구상에 건재하고 있다는 걸 보여줄 수 있는 유일한 길이다. 우리 학교는 종교적 가치를 장려하는 이슬람 학교야! 우리는 그 점을 자랑스럽게 여겨야 해!"

교장선생님이 용기를 북돋아주었다.

"우리는 축제에 참가해야 해! 어떤 일이 있든! 우리가 잘 해낸

다면, 사마디쿤 씨가 기뻐할 거다. 우리 학교 문을 닫으려는 걸 다시 한 번 생각하겠지. 올해, 마하르에게 기회를 주자꾸나. 마하르가 재능을 우리에게 보여줄 수 있도록. 무슨 말인지 알지? 마하르는 아주 유능한 예술가잖아!"

교장선생님은 마하르를 무척이나 자랑스러워했다. 최근, 마하르는 마을회관의 흑백텔레비전을 시청하려는 초만원의 관객들 문제를 해결함으로써 교장선생님에게 좋은 인상을 심어주었다. 마하르는 텔레비전 화면을 거울 몇 개에 반사시키는 해결책을 내놓았다. 덕분에 마을회관이 더 많은 사람들을 수용할 수 있게 되었다.

우리는 큰 소리로 교장선생님의 연설에 박수갈채를 보냈다. 교장선생님은 우리가 맞서 싸울 준비를 할 수 있도록 우리의 열정을 불태웠다. 그리고 우리는 마하르의 지휘를 받게 된다는 것이 기뻤다. 마하르는 우리의 자랑거리였다. 하지만 마하르는 그 자리에 없었다. 마하르는 필리시움 나뭇가지에 올라가 이를 훤히 드러내며 장난기 어린 미소를 보내고 있었다.

마하르는 즉각 아 키옹을 자기 조수로 임명했다. 간단히 말해 부하였다. 아 키옹은 자신의 승진이 너무 자랑스러운 나머지 3일

밤을 못 잤다고 내게 말했다. 마하르도 3일 밤을 꼬박 샜다. 영감을 달라고 명상하느라 말이다. 마하르는 방해받고 싶지 않았다.

교실에 들어올 때마다, 마하르는 노란 나비처럼 조용했다. 마하르가 그처럼 진지하게 행동하는 모습을 한 번도 본 적이 없었다. 마하르는 모두가 자신에게 희망을 걸고 있다는 걸 잘 알고 있었다. 우리는 어떤 놀라운 예술가의 구상이 나올지 초조하게 기다렸다.

매일 밤, 마하르는 학교 뒤 벌판 한가운데에 혼자 앉아 전통 북 타블라(*tabla*)를 두드리며 음악을 찾았다. 마하르는 아무도 자기 근처에 못 오게 했다. 하늘을 응시하며 갑작스레 일어나더니, 주위를 껑충껑충 뛰어다니고, 빙글빙글 달리다 미친 사람처럼 고래고래 고함을 질러대고, 땅에 몸을 던졌다. 땅에 데구루루 구르고, 다시 일어나 앉아 갑작스레 고개를 숙였다. 꼭 귀찮게 구는 벌레 때문에 고생하는 짐승 같았다.

걸작을 창조해내고 있는 중일까? 수십 년 동안 축제에서 무시당한 우리 학교의 명예를 회복시켜줄까? 진정 개척자일까? 괄목할 만한 능력을 지닌 배교자일까? 사마디쿤 씨에게 좋은 인상을 남기는 임무를 수행할 수 있기는 할까? 그래서 우리 학교 문을 닫지 않게 할까? 정말 무거운 짐이었다. 독자 여러분. 결국, 마하르는 아이에 불과하지 않은가 말이다.

나는 멀리서 마하르를 지켜보았다. 불쌍한 마하르는 고독한 예술가였다. 제대로 평가 받아본 적이 없었다. 언제나 우리가 떠드는 우스갯소리의 대상이었을 뿐이었다. 마하르의 얼굴은 혼란스러웠다. 벌써 일주일이 지나갔지만, 아직 아무런 구상도 떠올리지 못했다.

그러던 어느 화창한 토요일 아침, 마하르는 휘파람을 불며 학교에 왔다. 영감이 떠오른 게 분명했다. 천사들의 영감이 그 혼란스러운 얼굴을 말끔히 씻어 주었다. 그날 새벽, 연극의 신 디오니소스가 마하르의 부드러운 머릿속에 들어왔던 것이다. 마하르는 분명 멋진 아이디어를 보여줄 거다. 우리는 마하르 곁으로 우르르 몰려갔다. 마하르는 우리를 한 명 한 명 뚫어지게 바라보았다. 마치 꼬마아이들에게 마법의 빛, 전구를 보여주려고 하는 것 같았다.

"올해 축제에는 농부도 없어. PN 노동자도 없어. 코란 선생도 없어. 댐 관리인도 없어!"

마하르가 큰 소리로 외쳤다. 우리는 큰 충격을 받았다.

"무하마디아 학교의 에너지는 모두 한 가지로 통일될 거야!"

우리는 당혹스러웠다. 도통 무슨 말인지 이해가 되지 않았다.

"그게 뭔데, 마하르? 말해 봐. 어떻게 공연을 할 건데? 뜸 들이지 말고, 빨리 말해봐."

쿠카이가 투덜거렸다.

마하르의 비범한 아이디어가 튀어나왔다.

"아프리카 마사이 부족 춤을 공연할 거야!"

우리 모두 서로의 얼굴을 멀뚱멀뚱 쳐다보았다. 모두 각자의 귀를 의심했다. 그 아이디어는 전기뱀장어가 허리를 감싼 것처럼 짜릿했다. 우리는 믿기지 않는 아이디어 때문에 충격에 빠져 있었다. 그때 마하르가 다시 소리치며 우리를 정신 차리게 했다.

"오십 명의 댄서! 삼십 명의 *타블라* 드러머! 팽이처럼 빙글빙글 돌면서 우리가 VIP 연단을 발칵 뒤집어놓을 거라고!"

아, 세상에, 우리가 할 공연의 웅대함을 상상하니 기절할 지경이었다. 이리 뛰고 저리 뛰고, 손뼉치고 환호했다.

"장식용 술도!"

교장선생님이 뒤에서 소리쳤다.

"사자 갈기도!"

부 무스 선생님도 한 마디 거들었다. 우리는 무아지경이었다.

마하르는 도무지 종잡을 수 없는 아이였다. 마하르의 상상력은 사방에 자유자재로 뛰어올랐다. 훌륭하고, 새롭고, 신선했다. 저 멀리 떨어진 아프리카 부족의 춤을 공연하는 것은 정말 뛰어난 아이디어였다. 그 부족은 분명 옷을 거의 입지 않을 거다. 옷이 적으면 적을수록, 다시 말해 그 부족이 적게 입으면 적게 입을 수록 돈이 적게 든다. 마하르의 아이디어는 그저 예술적인 관점에서만 뛰어난 것이 아니었다. 우리 학교의 재정 상태를 십분 고려한 것이기도 했다.

그 뒤로 우리는 매일 방과 후 밤마다, 저 멀리 떨어진 땅에서 추는 기괴한 춤을 연습하느라 아주 열성이었다. 마하르의 말에 의할 것 같으면, 이 춤은 아주 정열적으로 게다가 빠른 동작으로 추어야 했다. 발은 땅을 쾅쾅 구르고, 팔은 하늘을 찌르고, 우리 모두 동시에 빙빙 돌면서 동그랗게 원을 그렸다. 그리고 나서 공격할 준비를 갖춘 황소처럼 재빨리 고개를 숙였다. 뛰고 돌고, 우리는 사방으로 뿔뿔이 흩어졌다 원래의 대형으로 다시 한 번 모였다. 뒤로 물러서는 황소처럼, 발로 땅을 북북 거칠게 문질러야 했다. 부드러운 움직임은 전혀 있을 수 없었다. 모두 빠르고, 사납고, 열정적이고, 신이 났다. 마하르의 안무는 퍽 어려웠지만 예술성이 뛰어났다. 춤추는 건 정말 즐거웠다. 게다가 건강에도 좋은 운동이었다.

독자 여러분, 행복이 무엇인지 알고 있는가? 내가 바로 그때 느꼈던 거다. 나는 예술에 완전히 심취했다. 최고의 친구들과 함께 공연할 것이며, 내 첫사랑이 내가 춤추는 것을 볼 가능성도 있었다.

우리는 정말 마하르의 열정적인 안무를 좋아했다. 우리는 분명 암소가 막 태어난 마사이 부족의 기쁨을 춤으로 표현하고 있는 게 분명했다. 춤추는 동안, 우리는 뭐라고 고래고래 소리쳐야 했다. 그런데 우리는 그 말뜻을 몰랐다.

하부나! 하부나! 하부나! 바라바, 바라바, 바라바, 하바, 하바, 옴!

마하르에게 그게 무슨 뜻인지 물었다. 마하르는 마치 온 세상의 지식을 알고 있는 사람처럼 굴었다. 그러고는 그것이 전통적인 아프리카의 운율이라고 대답했다. 나는 아프리카 사람들은 말레이 사람들과 비슷한 습관을 공유하고 있다는 것을 그제야 알았다. 운율을 중시하는 것 말이다. 나는 그것을 내 기억 속에 꼭꼭 집어넣었다.

하지만 나는 그 춤의 의미를 오해했다. 나는 우리 여덟 명(사하라는 참여하지 않고, 마하르는 *타블라*를 연주하기로 했다.)이 마사이 부족이며, 우리 소가 임신해서 출산한 것을 기뻐하는 것이라고 생각했었다. 하지만 놀랍게도, 우리가 바로 그 소의 역할을 했던 것이다. 열정적인 춤에 뒤이어, 우리는 치타의 공격을 받게 되어 있었다. 치타가 우리를 둥글게 둘러싸고, 우리의 춤 대형을 깨고, 그러고 나서 우리를 향해 덤벼든다. 암소들은 우왕좌왕한다. 하지만 그 순간 유명한 마사이 전사들이 달려와 우리를 구해준다. 전사들이 우리 암소들의 목숨을 구하기 위해 치타와 싸운다. 마하르는 치타의 움직임을 능숙하게 조정했다. 3일 동안이나 아무것도 먹지 못한 동물을 꼭 빼닮은 모습이었다.

이것이 마하르의 안무 뒤에 숨어 있는 이야기였다. 시나리오에는 항상 *타블라*가 동반했다. *타블라*의 리듬은 끊임없이 하늘을 찔렀고, 드러머들은 힘차게 춤을 추었다. 안무는 흥미진진한 드라마를 표현했다. 아프리카 초원에서의 인간과 동물의 싸움. 전형적인 예술작품이자 마하르의 걸작이었다.

완벽한 시나리오

 드디어 축제의 날이 다가왔다. 우리의 심장을 고동치게 만드는 날이었다.

 마하르는 캔버스 천으로 노란색 바탕에 검은색 점을 칠해 치타 복장을 만들어 하급생들을 야생동물로 그럴싸하게 분장시켜 놓았다. 머리는 노랗게 염색하고 얼굴에는 분칠을 했다.

 다른 학생들은 *타블라* 드러머의 역할을 맡았다. 드러머의 몸은 반짝반짝 윤기가 흐르는 검은색으로 칠하고 얼굴은 새하얗게 칠했다. 그러니까 아주 기괴해 보였다. 마사이 전사들은 붉은색 페인트를 잔뜩 발랐다. 창과 붉은 채찍, 풀로 엮어 만든 머리장식을 하고 보니 정말 무척 사나워보였다.

 마하르는 우리 여덟 마리 암소에게 특별한 관심을 기울였다.

우리 의상은 가장 예술적이었다. 우리는 배꼽에서부터 무릎까지 오는 검붉은 반바지를 입고 몸은 아프리카 암소처럼 전부 연갈색으로 칠했다. 얼굴에는 쓱쓱 줄무늬를 넣었다. 딸랑거리는 종과 장식용 술이 달린 양말이 발목을 꽉 조였다. 마치 신화 속, 자바 섬의 하늘을 날아다니는 말 같았다. 걸을 때마다 딸랑딸랑 종소리가 울려 퍼졌다. 허리에는 닭 깃털로 만든 장식 띠를 매달았다. 커다란 핀이 달린 귀걸이와 나무뿌리로 만든 팔찌 같은 여러 가지 이국적인 장신구도 달았다.

장신구 중 그나마 가장 평범해 보이는 것은 *사탕야자나무* 열매로 만든 목걸이였다. 등나무 끈에 꼬챙이로 펜 고기처럼 흩뿌려져 있는 열매는 유별나게 눈에 띄지는 않았다. 우리는 어마어마한 모자 때문에 너무 분주했기 때문이었다. 사실, 모자라고 부르기에는 좀 뭣했다. 왕관이 좀 더 정확한 표현일 듯했다.

커다란 왕관은 직물을 길게 꼬아 만들었다. 직물 위에는 거위털, 나무껍질, 야생화, 그리고 자그마한 깃발의 잡동사니를 바느질해 꿰맸다. 평범한 목걸이에 우리의 공연을 돋보이게 할 마하르의 비밀병기가 숨겨져 있다는 것은 아무도 눈치 채지 못했다. 마하르는 그 목걸이를 만드느라 꼬박 3일 밤을 샜다. 목걸이는 마하르의 창의력의 결정체였다.

우리는 목걸이를 하고, 머리에 왕관을 썼다. 마지막으로, 마하르는 비닐로 만든 가짜 말갈기를 우리 등에 감싸 붙였다. 우리는 화려한 암소들이었다. 하지만 종합적으로 보자면, 암소와는 전혀 닮지 않았다. 뒤에서 보면 당나귀 인간처럼, 옆에서 보면 칠면조처럼, 위에서 보면 두루미 둥지처럼, 앞에서 보면 유령처럼 보였다.

퍼레이드를 시작하기에 앞서, 우리는 둥글게 모여 손을 맞잡고 고개 숙여 기도했다. 눈물이 핑 돌았다.

예상했던 것처럼, 거리에 줄지어 선 관중들의 환호성은 엄청났다. VIP 연단 근처에 다가가자 드럼, 튜바, 나팔, 트럼본, 클라리넷, 트럼펫, 색소폰의 우레와 같은 소리가 들렸다. PN 행진악대가 연주를 하고 있었다!

정말 멋졌다. 의상은 연주하는 악기에 따라 달랐다. 베이스 드러머는 로마 군인 복장을 하고, 막 하얀 말에서 내렸다. 의기양양한 미소는 올해도 예전과 같은 결과를 예상하고 있다는 것을 그대로 드러냈다. 이들이 분명 최고 예술공연상을 손에 거머쥘 것이다.

공연의 절정은 VIP 연단 앞에 잠시 멈추어서 〈트럼펫과 오케스트라를 위한 협주곡〉을 연주할 때였다. 독자 여러분도 알다시

피, 그건 윈튼 마살리스(Wynton Marsalis)가 자주 연주하던 곡이었다. 협주곡의 아름다운 도입부는 전통악기 연주자 열다섯 명이 자기 악기로 각기 다른 세 가지 소리를 내는 것으로 시작되었다. 그리고 나서 심벌즈 소리와 만났다. 마침내 수십 개의 작은 북이 뒤를 잇자 그 템포와 톤이 잦아들었다. 관중들의 환호성이 커졌다. 그때 기수단이 매력적이고 현대적인 춤을 추며 거리를 가득 메웠다.

수천 명의 관중이 박수갈채를 보내고, 세 명의 행진악대장, 미의 여왕이 한 치의 오차도 없이 지휘봉을 멋들어지게 휘두르며 가볍게 던지자 환호성은 더욱 커져갔다. 사랑스러운 미소를 머금은 아름답고 날씬한 행진악대장들은 자기 꼬리를 과시하는 수컷 공작처럼 이리저리 빠른 걸음으로 활보했다.

섹시한 여자들이 많이 있는 달력에서 곧장 튀어나온 것 같은 어린 소녀들은 미니스커트, 검정 스타킹, 그리고 무릎까지 오는 하이힐 부츠를 신었다. 하얀 장갑은 팔꿈치까지 왔다. 소녀들은 하이힐 부츠를 신은 채 아무렇지도 않다는 듯 이리저리 경쾌하게 뛰어다녔다.

이들은 행진악대장이라기보다는 모델 같았다. 이들의 보폭은 컸고, 때로 큰 소리로 명령을 내리기도 했다. 우리는 이들의 이름을 전혀 몰랐다. 이들은 저 머나먼 땅에서 온 손님처럼 보였다.

19장 • 완벽한 시나리오

우리를 현혹하기 위해 잠시 멈추어 선 것 같았다.

그러는 사이, 바로 이곳에서 우리는 기괴한 영장류 떼거지처럼 구석에 처박혀 있었다. 반얀 나무 뿌리 사이로 고개를 빼꼼 내밀면서. 우리는 주변 광경에 놀라고 있었다. 하지만 우리는 곧 행렬을 갖추고, 우리 차례를 기다리며 낙담하지도 초조해하지도 않았다.

PN 행진악대가 관중의 박수갈채와 휘파람을 받으며 지나간 바로 뒤, 단 1초의 지체도 없이 그 순간을 완벽하게 낚아채며, 마하르와 *타블라* 드러머들이 VIP 연단을 향해 쳐들어갔다. 드러머들은 *타블라*를 있는 힘껏 두드렸다. 망고 열매를 둘러싸고 싸우는 수백 마리의 원숭이들처럼 움직였다. 마하르는 청중의 상상력을 아프리카로 이끌었다.

관중들은 앞으로 몸을 쑥 빼고 파도처럼 몸을 구부렸다 펴며 어린아이들이 펼쳐 보이는 야생의 몸짓을 동그란 눈으로 바라보았다. 수천 명의 관중들이 *타블라* 두드리는 소리에 환호했다.

*타블라*의 성공적인 입장은 우리 여덟 마리 암소의 자신감을 북돋아주었다. 우리가 다음 차례였다. 우리 발은 포유동물 댄스의 웅대함을 보여주고 싶어 간질간질했다.

바짝 긴장하며 기다리는 사이, 목과 가슴과 귀가 따끔따끔하더니 간지러웠다. 둘러보니 친구들 모두 똑같은 것 같았다. 그 순간, *사탕야자나무* 열매 목걸이에서 나온 수액 때문이라는 걸 알아차렸다.

점점 더 심하게 가려웠다. 그렇다고 우리가 할 수 있는 건 아무것도 없었다. 목걸이를 빼려면 먼저 왕관을 벗어야 했는데, 왕관은 약 1킬로그램이나 나갔고, 우리 턱 끝에 직물 줄로 세 번씩이나 감아서 머리에 아주 단단히 고정되어 있었다. 누군가의 도움 없이 왕관을 벗는 건 불가능했다. 마하르는 우리 의상의 영광을 드높이기 위해 왕관 디자인을 했을 뿐만 아니라, 의도적으로 목걸이를 우리 몸에 걸어두었던 게 분명했다. 어쩔 도리가 없었다. 마하르는 이제 우리가 행동을 취할 때라고 신호를 보냈다.

그 다음에 일어난 일을 나는 평생 잊을 수 없다. 우리는 스파르타인과 같은 기상으로 돌진해 들어갔다. 관중들의 박수갈채가 쏟아졌다. 처음에는 안무에 맞추어 흥겹게 춤을 추었다. 그러고 나서 우리 암소들은 약간 특이하게 움직이기 시작했다. 이것은 계획에서 조금 벗어난 것이었는데 사실, 몸이 가려웠기 때문이었다.

우리는 몸을 긁지 않으려 애썼다. 그렇게 하면 안무를 망칠 게 뻔했으니까. PN 행진악대를 이기겠노라는 우리의 결의는 대단했다. 우리는 꾹 참았다. 가려움을 피할 수 있는 유일한 방법은 이리저리 미친 듯이 날뛰는 것밖에 없었다. 우리는 고래고래 소리치고, 머리를 들이밀고, 서로에게 달려들고, 땅 위를 기어 다니고, 땅 위에서 데굴데굴 구르고, 몸부림쳤다. 우리는 지글거리는 아스팔트 길 위에 쏟아진 깡통 속의 벌레 같았다. 안무에는 전혀 없던 행동이었다.

다른 한편, *타블라* 드러머들은 우리가 자신들의 음악에 맞추어 활활 불타오르는 것을 보고 덩달아 불이 붙었다. 북 치는 아이들은 우리의 거친 동작에 맞추려 속도를 더 냈다. 무슨 일이 벌어지고 있는지 조금도 눈치 채지 못한 관중들은 북소리가 신들린 상태에 있는 우리 여덟 마리의 소에게 어떤 마법이라도 건 게 아닌가 짐작했다. 놀라움은 더욱 커져갔다.

안무에 따를 것 같으면, 우리 공연의 다음 부분은 스무 마리 치타의 공격이었다. 우리는 참을 수 없는 가려움에 사로잡혀 치타와 싸워나갔다. 혼란에 빠져 당혹스러워하며, 치타들은 걸음아 나 살려라 도망쳤다. 이런 건 예정에 없었다. 계획에 의할 것 같으면, 우리가 무서워 도망쳐야 했다. 그러다 마침내 용감한 마사이 전사들이 우리를 구하러 와야 했다. 하지만 우리는 가만히 있을 수 없었다. 가만히 서 있다가는 가려워서 우리 혈관이 터져버릴 것 같았다.

치타들이 다시 결집하고, 우리는 다시 받아쳤다. 계속 이렇게 이어졌다. 기적적으로, 안무로부터의 이탈은 예상치 못하게 동물의 진정한 특성을 불러왔다. 이것은 어떤 상황에서는 무자비하게 사악할 수 있고, 어떤 상황에서는 통제할 수 없을 정도로 두려울 수 있었다. 나는 마하르를 흘끗 바라보았다. 마하르는 우리의 자발적인 즉흥 동작을 보며 기뻐하고 있었다. 이런 결과를 예상했던 게 분명했다. 마하르의 북소리는 더욱 활기가 넘쳤다. 마하르는 입이 귀에 걸려 웃고 있었다. 마하르가 그처럼 기뻐하는 모습을 지금껏 본 적이 없었다.

마사이 전사들이 우리를 구하기 위해 나타나자 거리의 열기는 더욱 고조되었다. 그때 진짜 싸움이 벌어졌다. 거리에서 먼지가 풀풀 일더니 마치 토네이도처럼 우리 댄서들 주위로 소용돌이쳤다. 히스테릭한 광란에 가까운 고함소리, 동물의 포효소리, 둥둥둥 북치는 소리가 터져 나왔다. 우리의 안무는 사하라 남쪽 부족들의 춤동작을 보여주었다. 우리 춤은 적자생존의 오래된 이야기를 환기시켰다. 이것은 아드조후(adzohu)였다. 마법과도 같은 주문을 내뱉는 타블라 북소리와 동시에 인간의 움직임의 은유를 통해, 생존을 위한 투쟁을 드러냈다. 춤동작은 인간의 영혼을 흔들었다. 마치 삶의 순환이라는 신비한 의식에 이끌린 것처럼. 관중들은 이처럼 의도하지 않게 나타난 혼돈과도 같은 움직임에서 멋진 예술작품이 나오는 것을 보면서 아연실색했다.

공연이 끝난 뒤, 우리는 물을 찾아 잽싸게 내달렸다. 불행히도,

19장 • 완벽한 시나리오

가장 가까운 물은 잡화점 뒤에 있는 지저분한 물냉이 연못이었다. 거기에는 팔 수 없을 정도로 썩은 생선이 가득 차 있었다. 뭘 어쩌겠는가? 우리는 연못 안으로 풍덩 몸을 내던졌다.

우리는 관중이 자리에서 일어나 마하르에게 박수갈채를 보내는 모습을 보지 못했다. 부 무스 선생님과 팍 하르판 교장선생님의 얼굴에서 자랑스러운 눈물이 흘러내리는 모습을 보지 못했다. 심지어 저 머나먼 땅에서 온 춤에 대한 우리의 엄청난 해석에 대한 심사위원장의 칭찬의 말도 듣지 못했다. 아, 존경하는 심사위원이여, 내가 당신에게 훌륭한 해석에 대해 뭔가 말할게요. 우리의 '예술적인' 공연은 *사탕야자나무* 열매 수액 덕분이랍니다. 수액이 우리 목에서부터 가랑이까지 온통 가렵게 만들고, 마치 석탄 위에서 춤추고 있는 느낌이 들게 했답니다. 그래서 우리가 미치광이처럼 춤을 추었던 거랍니다. 그게 바로 우리의 예술적 해석이었지요.

또한 우리는 마하르가 그 순간에 가장 권위 있는 트로피를 수상하고 있다는 것을 알지 못했다. 올해의 최고 예술공연상. 우리가 언제나 꿈꾸어왔던 바로 그 트로피. 우리 마을학교에서 그 트로피를 가져오는 것은 그때가 처음이었다. 우리 학교가 다시 조롱거리가 되는 것을 막아줄 트로피.

우리는 이 모든 것을 하나도 알지 못했다. 영광스러운 의식이

치러지는 동안, 우리는 연못의 진흙투성이 물에 몸을 담그고, 어저귀 잎으로 목을 문지르고 있었다. 마하르가 미소 짓고 있는 것을 상상할 수 있었다. 마하르가 천국과도 같은 칭찬에 흠뻑 빠져 있는 동안, 악취 풍기는 연못 안에서 우리는 받아야 할 벌을 받는 것처럼 보였다. 몇 년 동안 우리의 조롱을 받은 뒤, 마하르는 복수를 했을 뿐만 아니라, 동시에 가장 탐나는 상을 들고 당당히 걸어 나갔던 것이다. 마하르는 천재였다. 돌멩이 하나로 새 두 마리를 잡았다. 그건 분명 그에게는 달콤한 복수였을 것이다. 아주 달콤한 복수. 빈탕 열매처럼 달콤한 복수.

상사병

어느 특별한 월요일 아침, 수년간의 불행 이후 벨리퉁 무하마디아 학교는 처음으로 활짝 웃었다.

우리는 교실 유리 장식장 앞에서 소박한 행사를 열었다. 유리 장식장도 미소 지으며 우리와 함께하는 듯했다. 처음으로 무언가 진짜 값어치 있는 물건을 선반 위에 올려두고 있었다. 바로 트로피다.

전날, 축제 심사위원장은 이 트로피를 마하르에게 건넸다. 이로써 40년간 PN 학교의 최고급 유리 장식장 시대도 끝이 났다.

반면, 무려 100년 가까운 역사의 무하마디아 마을학교는 역사상 처음으로 트로피라는 걸 받았다.(우리 학교는 벨리퉁 섬에서 가장 오래된 학교였다. 어쩌면 수마트라 전체에서 가장 오래된 학교였을지도 모른다.) 교장선생님은 이 역사적 사건을 이루어준 이 특별한 아이에게 유리 장식장 안에 트로피를 넣는 명예를 허락했다.

트로피는 마하르가 진짜 어떤 아이인지 증명해주었다. 마하르는 충분히 존경받을 자격이 있었다. 겉보기에는 사리에 맞는 것처럼 보였던 마하르를 향한 우리의 감정은 곧 뒤집어졌다. 마하르가 괴짜라는 건 문제가 아니었다. 중요한 것은 마하르가 천재였다는 거였다. 무엇보다도 먼저 그 사실을 우선적으로 바라보아야 했다. 그리고 어쩌면 이것이야말로 사람들이 예술가들을 바라보아야 하는 방식일지도 모른다.

우리가 마하르보다 우리 자신을 **훨씬 더 정상**이라고 간주했으며, 우리가 훨씬 더 믿을 만하고 정직하다고 느꼈다는 건 신경 쓰지 말기를. 우리는 우리 학교에 어떤 현저한 성취도 아직까지 공헌하지 못했었다. 마하르가 유별나기는 해도, 겉모습이 기이하기는 해도, 시각과 접근법이 이해하기 어려웠다 해도, 우리 학교를 위해 무언가 특별난 것을 성취해낸 최초의 인물이었다. 마하르는 사람들이 우리 학교를 무시하기에 앞서 다시 한 번 생각해보도록 만든 영웅이었다. 이 점에서, 우리는 마하르가 고마웠다. 어쩌면 이게 사람들이 올바른 평가라고 부르는 것일지도 모른다고 생각한다.

우리의 축하행사는 사진촬영으로 마무리되었다. 우리는 유리 장식장을 빙 둘러 모여, 우리의 트로피를 바라보며 씩 웃었다. 누구의 미소가 가장 컸을까? 맞다, 그건 바로 하룬의 미소였다. 부 무스 선생님은 일부러 전문 사진사를 불러 사진을 찍게 했다. 그래서 우리는 사마디쿤 씨에게 우리도 트로피를 받을 수 있다는 걸 보여줄 수 있었다.

부 무스 선생님은 우리에게 선생님의 이름은 물론이고 학교의 이름을 걸고 약속했었다. 우리가 완벽한 시험 점수를 받거나 특별상을 받으면, 상으로 우리가 원하는 소원을 들어주겠다고. 선생님이 *해줄 수 있는 일*이라면 말이다. 상을 고를 권리는 이제 마하르의 손에 달려 있었다.

"네가 가장 원하는 게 뭐니, 마하르?"

마하르는 이보다 더 행복할 수 없었다. 마하르는 가방을 열어 돌돌 만 종이를 꺼냈다.

"그게 뭐지?"

선생님이 물었다.

마하르는 종이를 펼쳐 이소룡의 사진을 보여주며 이를 드러내며 방긋 웃었다. 뺨에 세 줄의 상처를 입고, 용 포즈를 취하며 사납게 날뛰면서 적의 머리를 가격할 태세를 갖춘 채 쌍절곤을 든 이소룡. 우리는 마하르의 의도를 알아챘다. 마하르는 이소룡 포스터를 교실에 걸어두게 해달라고 부 무스 선생님에게 몇 번이나 사정했지만 번번이 거절당했다. 이제 마하르는 황금 같은 기회를 얻었다. 자신의 특별한 권리 덕분에 말이다.

선생님은 난처했다.

"다른 걸로 하면 안 되겠니, 마하르?"

마하르는 고개를 절레절레 저었다.

"정말? 다른 소원은 없어?"

선생님은 약간 좌절한 듯 물었다.

마하르는 다시 한 번 고개를 저었다.

"한 달 동안 학교 정원에 물주는 일을 빼달라거나 뭐 그런 거는 어떠니?"

마하르는 다시 한 번 고개를 세차게 흔들었다.

"아니면 분필 사오는 일에서 면제받는 건?"

마하르는 또 한 번 고개를 저으며 나를 향해 씩 웃었다. 나도 활짝 웃어보였다. 부 무스 선생님이 다른 학생들 모두를 분필 사오는 일에서 면제해주었으면 좋겠다고 생각했다. 그 힘든 일을 저한테 맡겨주세요. 제가 할게요! 제가 아주 잘할게요!

부 무스 선생님은 마하르의 부탁이 자신이 *해줄 수 있는 일의* 범주에 들어가는지 심사숙고했다. 선생님은 학생들에 대한 교사로서의 약속의 의미를 마음속에 떠올렸다. 선생님은 약속을 가볍게 여길 수 없었다. 약속을 지키고 감사의 뜻을 전해야 할지, 아니면 괴팍함을 벌주어야 할지 선생님은 딜레마에 빠졌다.

"운명은 돌고 돌아요, 선생님. 언젠가 이 이소룡 포스터가 아주 유용해질 거라고요."

마하르는 부 무스 선생님을 그렇게 설득했다. 차분하게, 깊이 있게, 그리고 순진하게. 선생님은 긴장했다. 선생님의 마음 한쪽에서는 교실 벽에 잔인한 싸움꾼의 포스터를 걸겠다는 소원을 거절해야 한다고 말했다. 선생님은 마하르와 타협하려고 했다. 두 사람은 소곤소곤 이야기를 나누었다.

다음 날, 이소룡의 얼굴은 우리 교실 앞 칠판 바로 위에 걸려 있었다. 하지만 전날과는 다른 모습이었다. 싸우는 모습이 아니었다. 이소룡은 중국 전통의상을 입고 미소 짓는 얼굴이었다. 이소룡의 미소는 그 옆에 나란히 걸려 있는 '**돈벼락**' 포스터의 로마 이라마의 미소처럼 차분했다.

그건 정말 뜻밖이었다. 쿵푸의 달인과 당둣의 달인이 이제 우리 교실 위쪽 최고의 위치에 자리 잡고 있었던 거다. 자세히 살펴보니, 둘 사이에 공통점이 있다는 걸 알았다. 둘 모두 이 지구상의 죄악에 맞서 싸우겠다는 결의로 가득 찬 슬픈 눈빛이었다. 아주 인상적이었다.

좋은 일은 더 좋은 일을 낳는 법. 옛 말레이 격언에도 이런 말이 있다. 그것은 사실이었다. 트로피의 존재는 우리의 사기를 고양시켰다. 또 다른 좋은 일은 축제 상금으로 약간의 돈을 받았다는 사실이다. 그 돈으로 새 칠판과 응급용 약품 세트를 구매하라는 사마디쿤 씨의 요구를 만족시킬 수 있었다. 부 무스 선생님은 APC 알약과 벌레 퇴치약으로 구급약 상자를 채웠다. 나머지 돈은 탄중판단에 있는 학용품 가게에서 대통령, 부통령, 그리고 가루다 빤짜실라 사진을 주문하는 데 썼다.

트로피를 받은 뒤 하루하루가 무척이나 행복했다. 가끔씩 트로피를 한참 동안 바라보며, 어디에 가든 그 이야기를 나누었다. 우리는 트로피 옆에서 행복하게 웃었다. 하지만 그 행복감 한가운데에서, 나는 공허함에 사로잡혔다.

그런 나날들 속에서, 나는 흥겨움의 한가운데 고독을 느꼈다. 때로 친구들에게서 멀찌감치 떨어져 혼자 필리시움 나무 아래 앉아 침묵을 지키고 싶었다. 누구와도 함께 있고 싶지 않았다. 내 생각은 마치 길을 잃기라도 한 것처럼 필리시움 나무 잎사귀에서 튀어나와 위로 둥둥 떠오르며 구름과 어울렸다. 나 자신을 나조차 이해할 수 없었다. 언제나 딴생각을 하고, 먹는 것도 시큰

둥하고, 잠을 푹 잘 수도 없었다. 나는 이상야릇한 감정에 빠졌다. 이전까지 이런 건 전혀 모르고 살아왔다. 나는 불안한 애기 사슴으로 변신해버렸던 거다. 내가 알고 있다고 생각하는 모든 것은 내 삶을 사로잡은 새로운 단어로 뒤집어졌다. 그건 바로 상사병이었다.

나는 매일 아름다운 손톱의 그 어린 소녀에 대한 그리움에 사로잡혔다. 내내 숨도 제대로 쉴 수 없을 것 같았다. 소녀의 얼굴, 소녀의 부드러운 손톱, 나를 바라보는 소녀의 미소가 보고 싶었다. 심지어 소녀의 나무 신발, 이마 위의 헝클어진 머리카락, 소녀의 'R' 발음, 그리고 조심스레 소매를 감아올리는 모습도 보고 싶었다.

내가 보고 싶은 걸 꾹 참는 그런 사내 녀석이 아니란 걸 난 알았다. 그래서 어떻게 하면 이 짐을 덜어낼 수 있을까 아주 골똘히 생각했다. 이리저리 궁리하고 여러 가지 묘수를 생각해낸 끝에, 마침내 분필을 뻔질나게 사러 가야만 내 병이 나을 거라는 결론에 도달했다. 따라서 내가 기댈 것은 오직 선생님밖에 없었다.

나는 내게, 나에게만, 분필 사오는 당번을 시켜달라고 선생님에게 애원했다. 나는 반 친구들과도 의논했다. 분필 사오는 차례를 내게 넘기라고. 나는 반장 쿠카이에게도, 무지개 분대의 대장 마하르에게도 도와달라고 했다.

타마린드 사탕 두 봉지를 뇌물로 받고 나서 쿠카이는 분필 당번 계획표를 바꿔주기로 했다. 1년 동안의 계획표를 다시 짰다. 쿠카이는 이 나라의 정치인 대부분과 마찬가지로 매수하기 까다롭지 않았다. 이제 계획표에는 한 명의 이름만 들어 있었다. 그건 바로 내 이름이었다. 이칼. 1월부터 12월까지, 오직 한 사람. 반 친구들에게서는 반대의 목소리 하나 나오지 않았다. 아이들은 30킬로미터나 자전거를 타고 그 썩어빠진 가게로 가서 역겨운 가게 주인한테 분필을 사오는 일에서 해방된 것에 너무나도 행복해했다. 때문에 내가 계획표를 바꾸는 건 전혀 어렵지 않았다. 하지만, 독자 여러분, 나는 그것을 다르게 바라보았다. 내 눈에, 내가 유일무이한 분필 사오는 사람이 되기까지의 내 노력은 피와 땀을 쏟은 투쟁의 일부였다. 나는 쿠카이를 매수해 분필 사오는 일에 대한 내 요구를 들어주기까지 3개월의 시간과 타마린드 사탕 한 포대가 들었다고 부풀려 말했다. 실제 아무런 어려움도 없었는데도 말이다. 독자 여러분, 사랑은 나를 절망적인 로맨티스트로 만들었다. 필요하다면, 나는 분필 사오는 사람이 되기 위해 내 영혼까지도 팔았을 것이다. 이 모든 것이 그 소녀를 더욱 더 아름답게 만들어주었다. 나는 참말로 행운아다! 분필을 살 때 그 소녀 가까이 있을 수 있다니!

부 무스 선생님은 분필을 사오려는 갑작스런 내 열정에 어리

둥절했다.

"넌 누구보다 분필 사오는 일을 싫어하지 않았니, 이칼? 분필 가게에서 악취가 난다고 투덜댄 게 너 아니었어?"

나는 얼굴을 붉혔다. 아이러니하게도, 나는 아이러니의 진정한 정의를 발견했다. 그건 잡화점 '희망의 빛'이 향기로운 냄새를 개발했기 때문이 아니었다. 그건 바로 고비 사막의 공주가 거기서 나를 기다리고 있기 때문이었다. 그러므로 아이러니는 본질의 문제가 아니다. 그건 보상 심리의 문제다. 그것이 바로 아이러니의 정의이다. 그 이상도, 그 이하도 아니다.

부 무스 선생님은 나와 길게 얘기하고 싶어 하지 않았다. 분명, 교사로서 수년 동안 터득한 본능으로 금세 사태 파악을 하고, 내 갑작스러운 마음의 변화가 어느 정도 풋내기 사랑과 관련이 있다는 것을 알아차렸다. 연민과 안타까운 미소로, 선생님은 고개를 내저으며 허락해주었다.

"좋아, 네가 또다시 분필을 잃어버리지 않는다면. 분필은 종교 공동체의 기부금으로 사오는 거란 걸 명심해라."

사흐단과 나는 곧 분필을 손에 넣는 임무를 책임지는 완벽한 팀이 되었다. 나는 구매를 책임졌다. 사흐단은 자전거 페달을 밟을 필요가 전혀 없었다. 뒷자리에 앉아 분필상자를 꽉 잡고, 입을 꽉 다물고 있으면 되었다. 우리는 비밀을 함께하는 스릴을 만끽

했다.

물론 내가 부 무스 선생님에게 사흐단을 추천했기에, 사흐단은 언제나 나와 함께 같이 갔다. 사흐단은 수업을 빼먹을 수 있어서, 또한 가게 주인집 딸들과 노닥거릴 수 있어서 좋아했다.

잡화점 '희망의 빛'에 도착하면, 나는 재빨리 가게 안으로 들어가 쓰레기의 죽은 바다 한가운데에 차렷 자세로 섰다. 고약한 냄새를 막기 위해 코 아래에 유칼립투스 오일을 펴 발랐다. 나는 이마의 땀을 닦고, 그 마법과도 같은 순간을 참을성 있게 기다렸다. 가게 주인이 조개껍질을 이어 만든 커튼 뒤의 꽁지가 하얀 샤마 새 같은 소녀에게 분필을 가지고 오라고 이를 때까지.

나는 자그마한 문으로 다가갔다. 소녀는 손을 내밀었다. 그때마다 내 가슴은 마구 방망이질을 해댔다. 소녀는 여전히 말 한 마디 하지 않았다. 새초롬히 침묵을 지켰다. 나도 마찬가지였다. 하지만 소녀는 더 이상 이전처럼 자기 손을 얼른 뒤로 빼지는 않았다. 내가 자신의 손톱을 감탄할 기회를 주었다. 그 자체만으로도 나는 다음 일주일 동안 행복감을 느끼기에 충분했다.

그렇게 몇 달이 흘렀다. 월요일 아침마다 나는 내 심장의 반쪽을 만날 수 있었다. 손톱뿐이었지만 그것만으로도 좋았다. 그것만으로도 우리의 관계가 진전되기에 충분했다. 인사도, 대화도 없었다. 오직 아름다운 손톱을 통해 가슴으로 이야기했다. 서로에 대한 소개도 없었고, 얼굴을 마주 보는 일도 없었다. 우리의 사랑은 말 없는 사랑, 단순한 사랑, 아주 수줍은 사랑이었다. 하지만 아름답고, 말로 표현할 수 있는 것보다 훨씬 더 아름다웠다.

소녀는 때로 손톱을 가볍게 두드리거나, 내가 분필상자를 받아들려고 할 때 상자를 내주지 않고 나를 놀렸다. 마치 줄다리기 놀이를 하는 것 같았다. 소녀는 간혹 주먹을 꽉 쥐어 보이기도 했다. 이렇게 묻기라도 하는 듯했다.

"왜 이리 늦었어?"

나는 마음을 다잡았다. 내내 소녀의 손을 잡아보려고. 또는 소녀에게 내가 그녀를 얼마나 보고 싶어 했는지 말하려고. 하지만 소녀의 손톱을 볼 때마다 매번, 기껏 준비했던 말은 증발되어 사왕족의 땀 냄새 속으로 흡수되어버렸다. 내 용기는 모두 콩 더미 아래로 사라져버렸다. 소녀의 손톱이 너무나도 강력했기에, 그것이 내게 주문을 걸었다. 이렇게 만나고 나면, 나는 일주일 내내 괴로웠다. 하지만 거기에는 설명하기 어려운 야릇한 행복감이 뒤섞여 있었다. 그리고 소녀가 벽에 난 작은 구멍 뒤로 손을 넣는 순간부터 나를 숨 가쁘게 만드는 그리움이 결합되어 있었다.

이 세상에서 우리에게 충분하지 않은 게 있다면, 그건 바로 사랑이다. 시간이 흐를수록 내 가슴은 더욱 들썩였다. 나는 일주일 내내 미스터리한 힘을 가진 그 소녀의 손톱을 보고 싶어 견딜 수가 없었다. 그래서 나는 이따금씩 은밀하게, 아직 쓸 수 있는 분필 몇 개를 가지고 나와 다음 중 한 가지 짓을 저지르곤 했다. 필리시움 나무 밑에 몰래 파묻거나, 하룬에게 주었다. 하룬은 그걸 받으면 기뻐 날뛰었다. 그 결과, 목요일이 되면 분필이 거의 다 떨어졌고, 나는 금요일 아침에 시장에 가야 했다. 나는 기다림의 3일을 줄일 수 있어서 아주 행복했다.

하지만 금요일에 분필을 사서 집으로 돌아오는 게 기분이 썩 좋지는 않았다. 나는 학교를 청소하고, 잡초를 뜯고, 시키지도 않았는데 꽃에 물을 주고, 부 무스 선생님과 반 친구들의 자전거를 닦는 것으로 내 그릇된 행동을 보상하려고 했다. 사람들은 내가 왜 저러나 했다. 풋사랑은 정말 당혹스럽다!

두 번의 계절이 지나갔다. 사롱 사람들은 배에서 두 번 내렸고, 나는 여전히 아름다운 손톱의 그 어린 소녀 이름도 알지 못했다.

며칠 동안, 나는 용기를 내 소녀의 이름을 물어보려고 했다. 하지만 소녀의 손이 나올 때면, 차마 말을 할 수 없었다. 그래서 나는 사흐단에게 몇 가지 정보를 캐오라고 시켰다. 그 임무에 사흐단은 가슴이 설레었다. 사흐단은 말레이 비밀요원 같았다. 남몰래 살금살금 다가가고 조심스럽게 움직였다.

"그 애 이름은 아 링이야!"

알-히크마 사원에서 코란을 읽을 때 사흐단이 속삭였다. 심장이 요동쳤다.

"국립학교 학생이래!"

쿵! 내 이마가 사흐단의 코란 독서대에 부딪혔다.

"코란 앞에서는 조심하라고, 젊은이!"

사흐단은 주춤하더니 다시 코란을 읽었다. 국립학교는 중국 아이들이 다니는 특수학교였다. 나는 사흐단을 진지하게 뚫어져라 쳐다보았다.

"아 링은 아 키옹 친척이래!"

포도처럼 커다란 람부탄 씨를 막 삼키다 목에 탁 걸린 느낌이었다. 아 키옹, 그 깡통머리 녀석! 세상에, 어떻게 *그 녀석에게* 그렇게 아름다운 손톱의 친척이 있단 말인가?

아 키옹은 즉각 내 마음을 사로잡았다. 지난 며칠 동안, 아 키옹은 학교에서 수업시간에 서서 공부해야 했다. 궁둥이에 종기가 다섯 개가 나서 도저히 자리에 앉을 수가 없었기 때문이었다. 그래도 고집을 부려 학교에는 나왔다.

내가 이 모든 새로운 사실을 어떻게 느꼈는지 제대로 설명할 수는 없다. 아 링이 아 키옹의 친척이라는 사실에 나는 기쁘기도, 걱정스럽기도 했다. 사흐단과 나는 이 새로운 전개에 대해 진지하게 의논했다.

어쨌거나, 우리는 아 키웅에게 상황을 털어놔야 한다는 결론에 이르렀다. 아 키웅은 잡화점의 조개껍질 커튼을 뚫을 수 있는 유일한 총알이었다.

우리는 아 키웅을 학교 뒤 꽃이 만발한 꽃밭으로 불러내 함께 자그마한 의자에 앉았다. 사랑을 논하기에 완벽한 장소였다.

아 키웅은 내 이야기를 귀담아들었지만, 아무런 반응을 보이지 않았다. 얼굴에 좀체 변화가 없었다. 이야기의 요점을 전혀 파악하지 못하고 있었다. 눈빛은 멍했다. 아 키웅은 사랑이라는 게 뭔지 도무지 모르는 것 같았다.

"이건 아주 간단한 거야, 아 키웅. 아 링한테 보내는 편지와 시를 너한테 줄게. 그걸 아 링에게 줘. 너희들이 함께 사원에서 기도할 때 말이야. 알겠어?"

나는 조바심을 내며 말했다.

아 키웅이 눈썹을 치켜 올리자 머리털이 곤두서고 통통하게 살이 오른 넙적한 얼굴은 여느 때보다 더 재미있어 보였다. 눈썹을 누그러뜨리자, 오동통한 뺨도 아래로 축 처지며 우스꽝스럽게 흔들렸다. 아 키웅은 유난히 특이한 얼굴의 소년이었다.

"왜 네가 직접 주지 않는 거야? 월요일 아침마다 그 애를 보잖아. 말도 안 돼! 그건 멍청한 짓이야!"

아 키웅이 실제 그렇게 말한 것은 아니었다. 그건 주름 잡힌 이마가 뜻하는 바였다. 나는 마음속 텔레파시로 아 키웅에게 말했다.

"이봐, 중국 꼬마. 언제부터 사랑이 말이 된 적이 있었다고 그래?"

나는 한숨을 깊이 쉬며 몸을 돌려 우리 학교 벌판을 응시했다. 나는 연속극에 나오는 사람인 체했다. 나뭇잎을 주워 손으로 구겼다. 그러고 나서 그걸 허공에 뿌렸다.

"부끄럽단 말이야, 아 키웅. 아 링 근처에만 가면 나는 얼어버려. 나는 고지식한 놈이라고. 고지식한 사람은 언제나 경솔하지. 만약 그 애 아버지가 알게 된다면, 어떻게 될지 누구도 장담 못 해!"

나는 형이 구독하고 있던 잡지에서 그 숨 막히는 구절을 따왔다. 그것을 정확하게 인용했는지는 모르겠지만, 그런 건 신경 쓰지 않았다.

당시 아주 인기 있던 라디오 드라마에 나오는 이야기와 비슷한 대화를 들으며, 사흐단은 자기 옆의 나무를 꼭 껴안았다. 나는 사랑의 세계에서 편지를 보내는 것은 로맨틱한 것이며, 경이로움을 실어 나르는 것임을 아 키웅에게 열심히 설명했다.

아 키웅은 내 목소리에서 절망을 알아차렸던 것 같다. 녀석은 가장 똑똑한 학생은 아닐지 모르지만, 의리 있는 친구였다. 도와줄 수 있는 한, 결코 도움이 필요한 친구를 거절하지 않았다. 내 연극 대사와 같은 말이 아 키웅의 마음을 녹였다.

아 키웅은 씩 웃었다. 나는 허리를 숙여 인사했다. 마치 속세에 나가 범죄와 싸우기 위해 자기 스승에게 마지막 인사를 건네는 소림사 승려처럼. 하지만 천재적 사업가 기질을 물려받은 아 키웅은 합리적인 보상을 요구했다. 나는 수학 숙제를 기꺼이 대신 해주겠노라고 약속했다.

아 키웅을 통해 내 사랑의 시는 어시장으로 거침없이 흘러들어갔다. 아 키웅에게 그것은 아주 쉬운 일이었고, 수학 성적이 올라 기분이 좋아지기 시작했다. 나와 아 키웅, 그리고 사흐단 사이의 관계는 상호 공생과 같은 것이었다. 마치 물소의 등에 올라탄 소등쪼기새처럼 말이다. 아 키웅은 자신의 행동이 자기와 자기 숙부인 가게 주인 사이에서 잠재적으로 끔찍한 충돌을 야기할 수 있다는 것을 전혀 눈치 채지 못했다.

나는 아 링이 내 시를 받았을 때 어떤 표정을 지었는지 말해달라고 아 키웅에게 언제나 졸라댔다.

"연못을 바라보는 오리 같았어."

아 키웅은 태연스레 놀리듯 그렇게 대답했다.

아름다운 7월의 어느 아름다운 저녁, 나는 우리 집 꽃밭의 둥근 돌 위에 앉아 시를 지었다.

국화 꽃

아 킹, 위를 쳐다봐
그리고 하늘 높은 곳을 봐
저 하얀 구름이 네 앞에 둥둥 떠 있어
내가 너를 위해 국화꽃을 보낸 거야

나는 그 시를 봉투에 넣으며 절로 웃음이 나왔다. 내가 그런 시를 쓸 수 있다는 게 믿기지 않았다. 어쩌면 사랑은 사물을 바꾸는 능력이 있는지도 모르겠다. 숨겨진 능력 혹은 특성처럼, 우리 안에 살아 있다는 걸 우리가 모르는 사물들······.

보물찾기

모기 방역사 아저씨가 전날 PN 조사국에 모기약을 뿌리면서 큼지막한 주석개발 지도를 보았다고 우리에게 말했다.

"준설기 세 대가 이 학교로 향하고 있더라니까!"

그 아저씨가 섬뜩한 말을 했다.

아저씨는 심지어 IB의 구체적인 이름도 댔다.

"IB9, IB5, IB2."

IB란 우리가 준설기를 부르는 말이다.

끔찍한 소식이었다. 준설기 앞에 있는 것은 뭐든 무너져 내린다. 하지만 평상시처럼, 부 무스 선생님은 우리의 사기를 고양시켜주었다. 선생님은 우리에게 나쁜 일이 절대로 일어나지 않도록 기도하자고 했다. 그래서 곧 무시무시한 준설기는 머릿속에서 지워졌다. 특히 나는 그랬다. 뜻밖에 놀라운 소식을 들었기 때문이었다.

여기에 그 이야기를 해야겠다. 그날 분필을 사서 학교로 돌아오는 길에 나는 죽어라 자전거 페달을 밟는데, 사흐단이 손에 든 분필상자 바닥에 적혀 있는 글귀를 읽었다.

치웅 시 쿠(Chiong Si Ku) 때 만나자.

뭐라고? 그건 아 링으로부터의 메시지였다! 아 링이 쓴 게 분명했다! 그 숨은 메시지 때문에 자전거를 제대로 몰지도 못했다. 비틀거리다 결국 도랑에 퐁당 빠지고 말았다. 나는 너무나도 소중한 분필과 그 상자 바닥에 적힌 글귀를 구해내려 필사적이었다. 부 무스 선생님은 내가 분필을 소홀히 다룬다고 몇 번이나 실망을 표했었다. 사흐단과 나는 시커먼 진흙으로 뛰어들었다. 분필은 건졌지만 우리는 아니었다. 우리 몸은 흠뻑 젖고 말았다.

사흐단은 나한테 무척 화를 냈다. 나는 사흐단의 그런 모습을 보는 것이 끔찍했다. 그래도 꽤 재미있기도 했다. 머리에서 발끝까지 온통 검정 진흙으로 뒤덮여 있었기에 눈만 새하얗게 보였다. 내 무릎에서는 피가 새어 나왔다.

학교에 도착해서 나는 상자에서 분필을 꺼내 다른 상자에 담았다. 그래서 아 링의 메시지를 집에 가져갈 수 있었다.

집에 돌아와, 나는 그 메시지를 몇 번이고 읽고 또 읽었다. 그 메시지는 적혀 있는 그대로였다. 그 애가 나를 만나고 싶어 했다. 아라비아어처럼 뒤에서 앞으로, 앞에서 뒤로, 위에서 아래로, 저 멀리서부터 가까이로 혹은 가까이에서 멀리로. 거울에 비춰 보고, 촛농으로 문질러보고, 돋보기로 읽어보고, 촛불 뒤에서 읽어보고, 밀가루를 뿌려보고, 머리를 무릎 사이에 끼운 채 다리 뒤에 올려놓고 읽어보고, 3D 사진처럼 오랫동안 쳐다보았다. 그 메시지는 변함이 없었다.

치웅 시 쿠 때 만나자.

그것은 솔직한 표현이었다. 관용어법도 아니고, 과학적이지도 않고, 은유적이지도 않고, 코드 혹은 상징도 아니었다. 나는 도무지 믿기지 않았다. 어쨌거나 나는 마음먹었다. 나, 이칼은 곧 내 첫사랑을 만날 것이다! 그것은 명백한 사실이었다. 세상 사람들이 멋대로 상상하라지 뭐!

치웅 시 쿠 그러니까 보물찾기는 매년 열렸다. 사실, 지금도 그렇다. 벨리퉁-중국인들이 모두 함께 모이는 활기 넘치는 행사로, 식구들이 전부 참석하고, 인도네시아 전역에 흩어져 살고 있는 친척들이 이 행사에 참석하기 위해 벨리퉁으로 돌아온다. 오래된 종교의식과 연관된 재미난 것들이 많이 있다. 장대 올라가

기, 관람차, 말레이 음악 등등. *치웅 시 쿠*는 이 섬에서 손꼽아 기다리는 문화행사로 오랫동안 이어졌다. 우리 공동체를 이루는 모든 주요 종족들이 함께 모여 축하해주었다. 중국인, 말레이인, 사롱 사람, 사왕족…….

엄청나게 커다란 테이블 세 개에서 주요 행사가 벌어지는데, 테이블은 각각 길이가 12미터, 폭은 2미터, 높이는 2미터였다. 테이블 위에는 갖가지 물건들이 층층이 쌓인다. 가정용품들, 장난감, 다양한 음식……. 모두 중국인 공동체가 제공하는데 150가지 이상이나 되었다. 팬, 트랜지스터라디오, 흑백텔레비전, 빵, 비스킷, 설탕, 커피, 쌀, 담배, 면, 간장, 캔 음료, 양동이, 치약, 시럽, 자전거 타이어, 매트, 가방, 비누, 우산, 재킷, 고구마, 셔츠, 원통형 용기, 바지, 망고, 플라스틱 의자, 배터리, 화장품……. 넓은 테이블 위에 높다란 산처럼 쌓인다. 자정이 되면, 누구나 그 물건을 아무 거나 손쉽게 가져갈 수 있다. 정확히 말해, 누구든 그 물건들을 낚아챌 수 있다. 그래서 *치웅 시 쿠*는 보물찾기라 불린다.

가장 중요한 보물은 '풍부'라 불리는 자그마한 붉은 주머니다. 이 주머니는 산더미처럼 쌓인 다른 물건들 사이에 꼭꼭 숨어 있다. 풍부는 행운의 상징이라서 모두가 탐낸다. 풍부를 찾은 사람은 그것을 수백만 루피아에 중국인 공동체에 팔 수 있다.

세 개의 커다란 테이블은 대나무와 화려한 종이로 만든 '귀신 왕'의 제단 앞에 마련되어 있다. 귀신 왕은 높이가 5미터나 되고 배는 2미터나 되었다. 귀신 왕은 무시무시하다. 눈은 수박만큼이나 크다. 기다란 혀는 그 아래에서 지글지글 굽고 있는 기름기 많은 돼지고기를 핥고 싶은 듯 보였다. 이것은 인간의 가장 사악한 특성과 불운을 상징한다. 벨리퉁 섬 전역에서 모인 유생(儒生)들은 귀신 왕 앞에서 기도를 드린다.

귀신 왕은 사원 맞은편에 설치되어 있다. 나는 붉은 사원 베란다에서 아 링을 만나기로 했다.

아 키옹네 식구들은 기도를 하러 사원 마당에 모여 있었다. 아 키옹은 나를 보더니 씩 웃었다. 나는 찡그린 얼굴로 화답했다. 내 신경이 곤두서 있었기 때문이었다. 나는 어린 중국 소녀가 나 같은 말레이 시골 소년을 어떻게 생각할지 생각하느라 거의 폐인이 되었다. 중국인들 한가운데 있으니 불편했다. 그냥 집으로 돌아가버릴까? 아니, 내 그리움은 이미 피 흘리는 상처 같았다.

나는 *밤기도*를 끝마치고 난 이후로 줄곧 아 링을 기다렸다. 행사를 보려는 사람들이 엄청나게 몰려들기 시작했다. 아 링의 흔적은 어디에도 없었다. 내가 너무 일찍 온 건지도 몰랐다. 좀 더 늦게 왔어야 했다. 아니면 아예 오지 말았든가.

보물찾기의 슈퍼스타는 뭐니 뭐니 해도 사왕족이었다. 사왕족이 없다면, 이 행사는 훨씬 덜 재미있었을 거다. 사왕족은 매해 승리를 차지했는데, 그건 그들의 단단한 조직력 때문이었다. 저녁이 되자마자 사왕족은 값나가는 물건들이 놓인 자리를 꼼꼼하게 조사했다. 공격해 들어갈 각도, 몇 명이 필요한지 계산했다.

다수의 사왕족 무리가 다른 팀들을 방해하는 역할을 맡았다. 그렇게 해서 체구가 작은 사왕족이 테이블에 뛰어들 수 있도록 길을 열어주었다. 나머지는 테이블에서 떨어지는 물건을 잡을 태세를 갖춘 채 밑에 숨어서 기다렸다. 대략 스무 명 정도였다.

나는 두 시간이나 기다렸다. 아 링은 아직도 나타나지 않았다. 수천 명의 관중들과 수백 명의 열렬한 참가자들이 사원 마당을 가득 채우기 시작했다. 당둣 밴드가 울려 퍼졌다. 관람차가 밝은 하늘 위를 멋지게 빙빙 돌았다. 상인들이 고래고래 고함치며 온갖 물건들을 팔았다. 모두 생동감 넘쳤다. 풍선 파는 아저씨가 벨을 날카롭게 울려대어 나를 더욱더 조바심 나게 만들었다.

사롱 사람의 대표선수들이 나타나자 분위기는 더욱 떠들썩해졌다. 이들은 얼굴을 닌자처럼 가려 보이는 건 눈밖에 없었다. 사롱 선수들의 뒤를 이어 중국 선수들이 보였다. 여섯 개 그룹 정도였다.

선수들은 자정이 되기를 눈이 빠지게 기다리며 안절부절못했다. 자정이 되면 유생 대표가 커다란 물병을 두드린다. 물병이 깨지면 행사가 시작된다.

나는 선수들에게는 아무 관심이 없었다. 준비하느라 분주한 이들은 100미터 출발선에 선 단거리 육상선수 같았다. 이글이글 불타는 두 눈동자가 높이 쌓여 있는 물건들을 뚫어져라 바라보았다. 무척 역동적이었다. 지루한 일상의 한가운데에서 진정 매력적인 유혹이었다.

하지만 나는 그런 것 따위에는 전혀 관심이 없었다. 내 생각은 오로지 아 링에 맞추어져 있었다. 그 애는 어디에 있을까? 정말 애타게 보고 싶어 내 가슴이 요동치고 있다는 사실을 그 애는 모른단 말인가?

그때 나는 올해의 보물찾기에 참석하려고 나타난 말레이인들을 보았다. 말레이인들은 그룹을 이루지 않고 뿔뿔이 흩어져 있었다. 나는 이미 그 이유를 알고 있었다. 내게 있어 보물찾기는 그저 하나의 행사가 아니었다. 배워야 할 교훈이 많은 살아 있는 문화의 도서관이었다. 이 행사는 내가 속한 종족 집단인 말레이인은 물론이고 전체로서의 인간의 특성에 대해 내가 정통할 수 있게 해주었다.

말레이인들은 평상시처럼 자체적으로 조직을 꾸리는 데 꽤 어려움을 겪고 있었다. 행사를 위한 행동과정과 경쟁에서 이기는 데 초점을 맞추지 않고, 한패끼리 싸우는 정치적 난투극에 사로잡혀 있었다. 말레이인들은 언제나 자기만의 생각에 빠져, 각기 다른 생각을 둘러싸고 갑론을박을 즐겼다.

말레이인들이 실제로 팀 하나를 잘 꾸렸다 하더라도, 아마 모두 자기가 우두머리가 되겠다고 난리를 칠 것이다. 결국, 견고한 팀은 만들지 못하고 개별적으로 움직이고 혼자서 싸울 것이다. 그렇게 되면 이들이 집으로 가져갈 수 있는 것은 기껏해야 설탕 깡통, 코코넛 쿠키 몇 개, 양말 한 짝, 인형 머리 몇 개, 사왕족이 손도 대지 않는 코코넛 씨앗 몇 개, 물 펌프 또는 보다 정확히 말해 물 펌프의 마개, 그리고 여기저기 긁히고 부딪힌 몸뚱이뿐일 것이다.

하지만 다시 한 번 말하건대, 나는 보물찾기 또는 여기에 참가한 사람들의 관습에는 전혀 신경 쓰지 않았다. 벌써 헛되이 세 시간이 지루하게 흘러갔지만, 내 관심은 오로지 아 링이었다.

갑작스레, 눈이 옆으로 쭉 찢어진 인물에 사람들의 시선이 온통 쏠렸다. 그 남자는 사왕족으로, 보물찾기에서 높이 존경받고 있었다. 매년, 사왕족은 그 남자에게 풍부를 찾는 특별임무를 맡겼다. 너무나도 소중한 붉은 천 조각 말이다.

그 남자는 검은 예복을 입고 나타났다. 마치 권투선수 같았다. 사왕족 꼬마아이 하나가 언제나 그 뒤에서 졸졸 따라다녔다. 그 남자는 사왕족 선수단에 합류하고는 예복을 벗어 꼬마아이에게 건네주었다.

전에 그 남자의 활약상을 본 적이 있었다. 그 남자는 다람쥐처럼 재빨리 테이블 위로 뛰어올랐다. 그 남자는 표정이 없었다. 다른 선수들처럼 욕심을 드러내지 않았다. 마치 우후드 전투에서 이슬람 사령관 함자를 죽이면 자유를 주겠노라는 약속을 받은 노예처럼 행동했다. 그 노예는 전쟁과는 아무런 상관이 없었다. 그 전쟁은 자신의 것이 아니었으니까. 그 노예는 창으로 사령관의 가슴을 찌른 뒤, 서둘러 집으로 돌아갔다.

큰 눈망울의 그 남자도 마찬가지였다. 다른 값나가는 물건들은 상대도 하지 않았다. 죽자 살자 싸우는 데 여념이 없는 험악한 수백 명의 사내들의 고함에는 전혀 관심을 기울이지 않았다. 그 남자는 물건의 바다 위를 솜씨 좋게 살금살금 조심스럽게 올라갔다. 날카롭고 생동감 넘치는 눈으로 앞뒤를 흘깃 보았다. 그리고 즉각적으로, 풍부가 어디에 숨겨져 있는지 정확히 알아냈다. 유생 대표가 그 자그마하고 신성한 붉은 천을 여성용 잠옷 주름 안에 또는 수백 개의 쿠키 깡통 중 하나 안에, 쿠쿠이나무 열매 포대 혹은 설탕 상자의 빈틈에 솜씨 좋게 숨겨놓아 아무리 찾기 어렵게 해놓았다 해도, 어찌 되었든 그 남자는 언제나 풍부를 찾아냈다.

그 남자는 풍부를 자기 허리춤에 감추었다. 그러고 나서 보물찾기의 살아 있는 전설은 단번에 땅으로 뛰어내렸다. 마치 자기 몸무게를 무중력 상태로 만들 수 있기라도 한 것처럼 아무 소리도 내지 않았다. 잠시 뒤, 그 남자는 군중 속으로 유유히 사라졌다. 보물찾기의 최고의 상징을 갖고 어둠 속으로, 연기 속으로, 향내 속으로 사라졌다.

아 링을 기다리느라 오랫동안 긴장했기에, 속이 뒤집혀 배가 아팠다. 다리에 기운이 하나도 없었다. 어처구니없는 생각들이 머릿속을 사로잡기 시작했다. 내내 그 애만 생각했다. 내가 그 애를 현실과 다르게 상상했던 건 아닐까? 어쩌면 그 애는 나를 전혀 신경 쓰지 않을지도 몰랐다.

갑작스레 쨍그랑 유리병이 깨지는 소리가 들려왔다. 순간 복잡한 생각이 멎었다. 나는 깜짝 놀랐다. 무작정 뛰어 도망쳤다. 수천 명이 테이블 세 개를 공격해 들어갔기 때문이었다. 귀신 들린 사람들 같았다.

그때 나는 현존하는 가장 놀라운 인간 현상을 목격했다. 매년

보아왔지만, 나는 숨을 제대로 쉰 적이 한 번도 없었다. 테이블 위에 산더미처럼 쌓인 수백 개의 물건들이 1분도 채 안 되어 감쪽같이 사라져버렸다. 정확히 말하면 25초. 사원 정원이 엄청난 혼란으로 탈바꿈한 그 순간을 말로 표현할 수 없다. 수백 명의 사람들이 커다란 테이블을 미친 듯이 무지막지하게 공격했다. 그들은 닥치는 대로 제물을 잡아먹는 쫄쫄 굶주린 상어와 다를 바 없었다.

테이블 위에 성공적으로 올라간 사람들은 번개처럼 빠르게 아래에서 기다리고 있는 자기 동료들한테 물건을 던져주었다. 혼자서 테이블 위로 올라간 사람들은 손에 잡히는 대로 무조건 움켜잡았다. 그러고는 자기 포대자루에 쑤셔 넣었다. 역시 번개 같은 속도였다. 안에 든 것이 하도 무거워 탁자에서 들어 올릴 수가 없는 경우도 왕왕 있었다.

수십 명의 선수들이 무언가를 두고 다투더니, 많은 사람들 사이에서 한바탕 소동이 벌어졌다. 사람들은 뒤로 넘어지고, 부딪히고, 땅에 고꾸라졌다. 관객들은 박수 칠 기회도 갖지 못했다. 상상조차 할 수 없는 난폭한 인간 행동의 엄청나지만 끔찍한 광경에 대경실색했기 때문이었다.

포대자루를 가지고 오지 않은 사람들은 닥치는 대로 주머니에 물건을 쑤셔 넣었다. 심지어 옷 안에도. 그런 사람들은 어릿광대처럼 보였다. 그처럼 급박한 상황에서, 머리는 더 이상 논리적으로 기능하지 않는다. 쌀과 설탕도 그냥 주머니 안에 마구 쑤셔 넣었다. 주머니와 바지가 가득 차면, 이번엔 입에도 넣었다. 손으로 집을 수 있는 것이라면 무엇이든, 아직까지 테이블 위에 남아 있으면 물불을 가리지 않았다. 필요하다면, 콧구멍과 귓구멍에도 넣을 것이다. 정말 가관이었다!

만약 누군가가 트랜지스터라디오를 낚아채는 행운이 있었다 할지라도, 그 라디오를 온전히 집으로 가져가기를 바라는 것은 헛된 희망이었다. 열다섯 명이 동시에 그 라디오를 낚아챘기에, 결국 손에 남은 것은 스위치 혹은 안테나뿐이었다. 안테나를 갖는 게 목적이 아니라 다른 누군가가 온전한 라디오를 갖지 못하게 하는 게 목적이었다. 망가지고 쓸모없게 된 라디오의 경우는 사소한 문제에 불과했다. 보물찾기는 인간 탐욕을 적나라하게 드러냈다. 이것은 이기심, 탐욕, 파괴, 공격성이 호모사피엔스의 모든 근본적인 특성이라는 인류학적 이론의 논박할 수 없는 증거다.

사람들이 1년을 꼬박 기다려온 보물찾기는 30초도 안 되어 끝나버렸다. 약간의 먼지, 심각한 부상을 입은 선수들, 그리고 그 결과 내 마음처럼 부서진 테이블만 남긴 채.

밤기도 때부터 자정까지, 거의 다섯 시간이나 기다렸다. 하지만 아 링은 나타나지 않았다. 그 애는 약속을 지키지 않았다. 약속을 잊은 건 아닐까? 분필상자의 그 메시지가 나한테 얼마나 중요한 의미인지 몰랐던 걸까? 소녀는 나타나지 않았다.

나는 말레이 당둣 〈겔랑 시파투 겔랑〉을 듣는 데 지쳤다. 이제 쇼가 끝났으니, 참석한 사람들한테 집으로 돌아가라고 요청하는 노래였다. 짐을 챙기는 상인들을 멍하니 쳐다보았다. 사람들이 떠나는 모습을 보며 나는 서글펐다. 내 희망은 깨졌다. 분명, 분필을 사면서 내가 느꼈던 그 행복은 나 혼자만의 감정이었나 보다. 나는 달을 쳐다보며 울부짖는 한 마리 늑대, 짝사랑의 불운한 남자에 불과했다.

내 가슴은 갈망과 절망이 뒤섞여 멎은 듯했다. 최대한 빨리 자전거 페달을 밟고 싶었다. 그러고 나서 강물에 뛰어들고 싶었다. 하지만 막 자전거 페달을 밟으려는 순간, 바로 내 뒤에서 목소리가 들려왔다. 두부만큼이나 부드러웠다. 내 평생 처음 들어본 가장 아름다운 목소리였다. 천국의 하프 소리 같았다.

"이름이 뭐니?"

나는 후다닥 뒤돌아보았다. 다리가 붕 뜬 느낌이었다.

21장 • 보물찾기

 나는 한 마디도 말할 수 없었다. 바로 거기에, 정확히 3미터 앞에, 그 소녀가 서 있었다. 그 고귀한 아 링이 말이다!

 내내, 사실 소녀는 사원 안에서 나를 지켜보고 있었기에 내가 전혀 예상하지 못한 방향에서 다가올 수 있었다. 마지막 순간, 내가 절망에 몸을 맡기려는 순간, 소녀가 나타나 내 절망감을 뒤바꾸어놓았다.

 소녀를 안 지, 오직 소녀의 손톱만을 안 지 3년이 지났고, 7개월 전에야 소녀의 얼굴을 처음으로 보았다. 소녀에게 수십 통의 시를 쓴 뒤, 그리고 엄청난 그리움 이후, 이 밤이 지나고서야 소녀는 내 이름을 알게 될 것이다.

 나는 코란을 배우는 말레이인처럼 말을 더듬거렸다.

 소녀는 미소만 지었다. 정말 달콤한 미소였다. 소녀는 특별한 날에만 입는 아름다운 옷을 입고 이 6월 축제의 달에 땅으로 내려왔다. 마치 남중국해의 비너스 같았다. 옷은 몸의 굴곡을 그대로 드러냈다. 소녀의 발목에서부터 목까지, 그리고 못처럼 길쭉한 모양의 값비싼 단추로 채워져 있었다. 소녀의 호리호리한 몸은 푸른색의 나무샌들 위에서 쉬고 있었다.

 바로 그 순간 나는 어울리지 않는다고 느꼈다. 내가 볼 때, 아 링은 다른 누군가의 사람일 것 같았다. 나는 소녀의 주소록에 그저 스쳐 지나가는 이에 불과했다. 이 만남 이후에 일주일 뒤면 잊을 그런 존재.

소녀는 내 마음을 읽었다. 소녀는 자기 목걸이를 잡았다. 목걸이 표면은 옥이었다. 내가 이해할 수 없는 중국어로 뭐라고 새겨져 있었다.

"*운명.*"

소녀가 말했다.

아 링은 내 손을 잡았다. 우리는 사원 마당에서부터 관람차가 있는 쪽으로 뛰었다.

관람차 담당자는 불을 끄고 집으로 돌아갈 채비를 하고 있었다. 아 링은 그 사람한테 한 번만 태워달라고 애원했다. 운전자는 분명 사랑에 빠진 커플의 입장을 이해했으리라.

"네 시 읽었어. 우리 반 친구들 앞에서. 정말 아름다웠어."

아 링이 말했다.

하늘을 날 것 같은 기분이었다.

그러고 나서 우리는 아무 말도 하지 않았다. 그저 침묵. 빙글빙글 도는 관람차 안에서 내리고 싶지 않았다. 관람차의 불빛이 하늘을 황홀하게 수놓는 모습을 보며 내 가슴은 부풀어 올랐다. 내 평생 가장 아름다운 밤이었다.

2권에 계속